Pedro Calderon de la Barca

Amtmann Graumann oder die Begebenheiten auf dem Marsch

Marsch

Ein Schauspiel in 4. Akten

Pedro Calderon de la Barca

Amtmann Graumann oder die Begebenheiten auf dem Marsch
Ein Schauspiel in 4. Akten

ISBN/EAN: 9783743441538

Hergestellt in Europa, USA, Kanada, Australien, Japan

Cover: Foto ©Andreas Hilbeck / pixelio.de

Weitere Bücher finden Sie auf **www.hansebooks.com**

Pedro Calderón de la Barca

Personen.

Amtmann Graumann. Hr. Meyer.

Karl, sein Sohn. Hr. Beck.

Luise, seine Tochter. Mad. Toscani.

Marianne, seine Nichte. Mad. Wallenstein.

Herr v. Stern, General. Hr. Beil.

v. Stern, sein Sohn, und Hauptmann
   unter seinem Reuterregimente. Hr. Böck.

Bahr, Ordonnanzreuter des Hauptmanns
   Hr. Pöschel.

Hals, Gerichtschreiber. Hr. Backhaus.

Ein Adjutant. Hr. Herter.

Heinrich, Bedienter. Hr. Trinkle.

Bewafnete Bauern. Hr. Kirchhöfer.ꝛc.

Einige Unterofficiers.

(Die Bühne stellt das Innre des Hauses des Graumanns vor; mit einer großen Thüre im Hin-
tergründe, und einer auf jeder Seite. Die zur
Rechten ist der Eingang zu dem General von
Stern.)

A 2

Erſter Aufzug

Erſter Auftritt.

(Luiſe ſitzt und ſpinnt. Marianne näht Manſchetten.)

Marianne.

Wenn ich nur wüßte, wo Karl dein Bruder iſt? Wo er wieder ſo lange bleiben mag!

Luiſe. Immer ſo bekümmert um meinen Bruder; Couſinchen, Couſinchen! deine
Aengſtlichkeit hat was zu bedeuten — ich er-
rathe — nicht wahr?

Marianne. Wie du doch alles ſo errathen kannſt! Nu ja, ich will dirs nur grad
heraußſagen, — ich ſehe deinen Bruder nicht
ungern — es iſt ein recht braver Junge, der
gewiß eine Frau glücklich machen wird.

Luiſe. Weißt du wohl Marianne, daß
es mein Vater gemerkt hat, daß du Karln gern

ſiehſt?

ſiehſt? — Er iſt gar nicht abgeneigt, dir ihn
zum Manne zu geben, nur, ſagt er, wäre Karl
noch zu jung; er müſſe erſt ein wenig in der Welt
die Hörner abgelaufen haben, eh' er an eine Frau
denke. — Doch glaub mir, es wird ſich alles
geben. — Vielleicht bald.

Marianne. Das gebe Gott! Aber
Karl liebt mich nicht ſo, wie ich ihn — was
meinſt du Couſine?

Luiſe. Daß er dir gut iſt, mein Schatz,
das weiß ich; aber freilich liegen ihm noch andre Dinge am Herzen, als Liebe. — Er will
mit aller Gewalt Soldat werden. Tag und
Nacht träumt er davon. Der Vater hat es
ihm ſchon lange abgeſchlagen, aber alles iſt
vergebens.

Marianne. Ich wette, er iſt heute ſo
früh n'aus um die Soldaten anmarſchiren zu
ſehen, die heut in unſer Dorf zu liegen kommen.

Luiſe. Du haſt Recht; gewiß iſt er
auch hin. Ja, daß er nur nicht ſo was ver-
ſäumt!

Marianne. Es heißt wir ſollen auch
einen Officier ins Haus bekommen.

Lui

Luife. Mein Vater hat es mir gefagt —
Doch — ich wollt', daß wir von der Einquar-
tirung frei wären Marianne; fo eine vornehme
Bifite hat fchon manch Unheil in bürgerlichen
Häufern angerichtet. Die Herrn von Abel machen fich oft gern auf Unkoften unfer eins luftig,
und wie leicht find wir armen Bürgermädchen
dann ewig vor der Welt blamirt.

Marianne. Sei unbeforgt! Ich bin
gewiß, es kommt ein fcharmanter Herr zu uns
ins Quartier.

Luife. Defto fchlimmer! Ich geftehe
dir, ich fürchte mich recht vor dem vornehmen
Befuch; wir leben itzt fo ruhig, und wer weiß—

Marianne. Ach! wer wollte gleich das
Schlimmfte denken.

Luife. Ich danke Gott täglich dafür,
daß ich einft fo glücklich der Gefahr entriffen
worden bin — Ich möcht' nicht gern wieder
in fo eine Gefahr kommen.

Marianne. Deine eigne Vernunft, und
des Vaters Wachfamkeit wird dich fchon dafür
behüten — forg nicht.

A 4

Lui-

Luiſe. (Nach einer Pauſe) Biſt du ſchon weit mit deiner Arbeit.

Marianne. Noch wenig Stiche und die Manſchetten ſind fertig. Morgen bekömmt ſie Karl ſchon.

Luiſe. (ſcherzend) Ueber den Fleiß! — freylich wo das Herz mit von der Arbeit iſt, da —

Marianne. Spötterinn! wer es auch ſo gut zu verwahren wüßte wie du.

Luiſe. Ich weiß nicht, iſt es Unempfind-lichkeit oder blinder Gehorſam gegen den Wil-len meines Vaters, oder mein gränzenloſes Ver-trauen auf ihn; genug, der Gedanke von Liebe kommt mir nicht wieder, ſeit den zwei Jahren als ich ſchon hier bey ihm im Haus zurück bin; ich habs einmal erfahren, was Liebe iſt, — und noch dazu wars eine erſte aufwallende Lei-denſchaft — Ich mags nicht wieder erfahren.

Marianne. Ja es iſt wahr, mein Onkel iſt ein auſſerordentlicher Mann; Er hat ſo was an ſich, daß man ihm mit ganzer Seele anhän-gen muß, und daß man ſeinetwillen manches aufopfern kann.

Zwey-

Zweyter Auftritt.

Graumann Vorige.

(Sie stehen von ihrer Arbeit auf)

Graumann. Guten Abend, Kinder, guten Abend! ihr habt euch doch meinetwegen keine Sorge gemacht, will ich hoffen?

Luise. (zärtlich) Sie sind wieder da; und alle unsre Wünsche sind erfüllt.

Graumann. Ich habe mit den Schnittern gegessen.

Marianne. (Die unruhig nach der Thür sieht) Und mein Vetter Karl?

Graumann. Ich weiß nicht, wo der steckt. Es ist schon lang daß er von mir gieng. Ich war so ganz mit der Erndte beschäftigt. Der schönste Anblick von der Welt! Die Garbenschober, die Getraidehaufen! es ist als ob man lauter Berge von Gold sähe. — Ich habe nur gemacht, daß alles vom Felde kömmt, ehe die Soldaten einrücken.

Luise. Das haben wir uns gleich gesagt.

Graumann. Wenn auch noch so scharfe

Manns

Mannszucht gehalten wird, so ist doch ein Unheil gar bald geschehen.

Marianne. (Welche die ganze Zeit voll Unruhe umher gesehen hat, ob Karl bald komme.) Ach, da ist der Vetter!

Dritter Auftritt.

Vorige; und Karl.

Graumann. Guten Tag, mein Sohn. Ich komme erst alleweile daher, wo du mich gelassen hast; ich habe nicht eher geruht, bis alles gethan war — Aber du, wo bist du die ganze Zeit gesteckt?

Karl. (Verwirrt.) Fast Vater — habe ich nicht das Herz — es euch zu sagen; — ich bin dem Regiment entgegen gelaufen, das eben hieher im Anmarsch ist. — Ich traf die Soldaten noch im nächsten Dorf an, ehe sie aufbrachen; denken Sie Vater, da war ein Officier, ein gar lieber höflicher Herr, mit dem hab ich eins trinken müssen, er sagte: Er käme heut zum Amtmann Graumann ins Quartier zu liegen.

Grau-

Graumann. Nu, wenn er nur hübsch ordentlich ist, dann ist mirs schon recht.

Karl. (Verlegen) Aber — mein Vater — ich hab unterwegens gespielt —

Graumann. Gespielt — wo? —

Karl. In der nächsten Herberge, da traf ich ein paar Unteroffiziers an, die voraus kommen; sie spielten eben auf dem Brett — Sie hiessen mich mitspielen — und da —

Graumann. Und da spieltest du mit, und verlohrst dein Geld?

Karl. Ja, mein Vater!

Graumann. (aufgeräumt.) Das ist kein Unglück, wenn du sie bezahlt hast.

Karl. Bezahlt Vater? Wie konnte ich das? Ich hatte ja kein Geld; und ich kam eben her, euch um welches zu bitten.

Graumann. (Immer in seiner muntern Laune.) Höre, Herr Sohn, erlaube mir, dir zwei güldene Lehren zu geben: erstlich, nie mehr zu versprechen, als du halten kannst, und zweytens, nie mehr zu verspielen, als du bey dir hast; sieh, so kommst du immer mit Ehren durch.

Karl. (ebenfalls munter.) Ihre Lehren sind

für-

fürtreflich, Vater; aber zur Erkenntlichkeit, auch eine für Sie: Speißen Sie nie wieder einen Menschen mit einem guten Rathe ab, der keinen Heller in der Tasche hat.

Graumann. Gut verantwortet! — und damit du siehst, daß ich es verstanden habe; hier, nimm! (er giebt ihm seinen Beutel)

Karl. (will davon so viel nehmen, als er braucht)

Graumann. Nein, behalte ihn ganz.

Luise. Bruder, ist das nicht eine Freude, so in die Schule zu gehen?

Marianne. Mein Onkel pflegts nie anders zu machen.

Graumann. Schweigt mit euren Komplimenten. Ich habe das Meinige gethan, und er das Seinige.

Vierter Auftritt.

Bahr. Der Ordonanzreuter. Vorige.

Bahr. (der ein klein Felleisen auf der Schulter, und ein Einquartierungsbillet in der Hand trägt.) Ist das hier des Amtmann Graumanns Haus?

Grau-

Graumann. Ja. Was wollt ihr von Ihm?

Bahr. Hier ist ein Billet —

Graumann. (liest) Ich weiß schon was es ist.

Bahr. Und hier das Felleisen von meinem Hauptmann, dem Herrn von Stern, der diesen Abend mit seiner Kompagnie in dieses Dorf zu liegen kommen wird.

Graumann. Gut! Mein Haus und alles was ich habe, steht dem Könige und seinen Officieren zu Diensten. Unterdessen, bis das Zimmer für den Herrn Hauptmann zurecht gemacht wird, sey er so gut, und laß er sein Felleisen hier.

Bahr. (Setzt das Felleisen auf die Erde, und sieht Luisen; für sich) Blitz! mein Herr wird nicht übel hier logirt seyn. (laut) Der Hauptmann wird nicht lange mehr ausbleiben (Er geht fort, und blickt Luisen steif an)

Graumann. (Ruft ihm nach) Wer ist denn der Herr von Stern?

Bahr. Es ist der Sohn, unsers Generals des Herrn von Stern, der auch heute eintritt,

und

und sein Quartier bei eurem Pfarrherrn nehmen wird.

Graumann. (freudig.) General von
Stern? — die ehrliche Haut! — (für sich) ein
alter Bekannter — aber seit der langen Zeit
wird er mich schwerlich mehr kennen.

Bahr. Ich muß fort, und euern Stall in
Augenschein nehmen. (ab.)

Graumann. Und ich will auch Anstalten
machen. Komme mit, Karl — kannst helfen.
(Graumann und Karl gehen ab.)

Fünfter Auftritt.

Luise. Marianne.

Marianne. Was ist dir, Liebe — warum
so verstöhrt? was ist dir? rede!

Luise. Herr von Stern diese Nacht in
unserm Haus — ich bin vor Furcht außer mir;
denn denk Marianne: Er, er ist es, von dem
ich dir erzählt habe, wie ich in der Stadt im
Kloster war —

Marianne. Ists möglich! — dem müssen
wir

wir zuvorkommen. — Still, laß dich ja nichts. merken, dein Vater kommt.

Sechster Auftritt.

Vorige. Graumann.

Graumann: Nun können Sie kommen — Der Stall und das Zimmer ist in Ordnung.

Luise. O mein Vater, eine Bitte — eine Bitte! — ich —

Graumann. Nu, was giebts dann schon wieder? Machs kurz! Sprich! ich hab den Kopf so voll —

Luise. Es kommt ein junger Officier ins Haus, mein Vater. Ich möcht mich nicht gern vor ihm sehen lassen — nicht, daß ich Mißtrauen in mich selbst setzte, und etwas befürchte, aber — —

Graumann, Ich verstehe dich — hast Recht, mein Kind. — Man weiß nicht, so ein junger Officier, mit einem jungen Mädchen — und ich möcht' selbst nicht gern, daß so ein junger Herr da käme und deiner Tugend nach- stellte. — Ja, ja, es schickt sich nicht, daß ihr

euch

euch heut sehen laßt; also, Kinder, verschließt
euch dahier in diese Kammer; euer Essen soll
euch zur hintern Treppe herauf gebracht werden.

Luise. Lieber Vater, wir wollen uns schon
so verbergen, daß uns niemand vermuthen soll.

Graumann. Gut! so geht, geht!

(Luise und Marianne küssen ihm die Hand und gehen ab.)

Siebenter Auftritt.

(Graumann. Dazu kommt Karl und Bahr
der noch ein Päckchen bringt, und es auf das
Felleisen legt, sieht die Frauenzimmer abgehen.)

Bahr. Das ist der Rest. Nehmts wohl
in acht!

Karl. Es ist alles hier so sicher aufgehoben, als obs in eurem eignen Hause läge.

Bahr. (für sich, sich nach dem Zimmer umse-
hend, wo Luise und Marianne hineingegangen; in
dem Hintergrunde des Theaters auf und abgehend.)
Da stecken also die Mädchen.

Karl. Aber Vater ich wundre mich über
euch. Ihr seyd so reich, und laßt euch solche
Plackereien gefallen.

Grau

Graumann. Was würdeſt du denn an meiner Stelle thun, um ihrer los zu werden?

Karl. Ich würde mich hübſch adeln laſſen, und mir eine Stelle in der Stadt kaufen.

Graumann. Sage mir, kennſt du etwan jemand in dieſer Gegend, der zweifelt, daß ich ein ehrlicher Mann bin?

Karl. Nein, keinen Menſchen.

Graumann. Was würde ich denn alſo mit meinem Adel gewinnen? Was mit einer erkauften Stelle? Glaube mir, mein Sohn, Ehre kauft ſich nicht, und ein höherer Rang auch nicht. Ich trage gern die Laſten, die auf meinem Stand liegen. (zum Bahr.) Herr Soldat, ſag er mir, wann wird das Regiment einrücken?

Bahr. In einer halben Stunde. Mein Herr Hauptmann aber wird ſo gleich da ſeyn. — Es iſt doch alles ſchon im Dorf zurecht, und auch hier?

Graumann. Für ſeinen Herrn iſt alles hier im Hauſe zurecht gemacht; aber im Dorf will

B   ich

ich gleich nachsehen, ob mein Befehl genau be-
folgt worden ist.

(Er und Karl gehen ab.)

Achter Auftritt.

Bahr. Dem alten Gecken, und seiner schönen Mamsell Tochter träumt wohl nicht, was
sie heute für einen Besuch bekommen! — Wie
wird sich mein Herr Hauptmann freuen, wenn
ich ihm sagen werde, daß seine Luise hier ist.
Hahaha! das wird ein Spaß seyn! der alte
Amtmann mag nur sein Töchterchen hübsch verwahren, sonst — Ha da kommt er schon.

Neunter Auftritt.

Bahr. Der Hauptmann von Stern.

Hauptmann. (betrachtet das Zimmer.) Hier
logire ich also? — Ach dort ist auch meine Ba-
gage. — für ein Dorf geht das Haus an.

Bahr. Geht an? — Ihr Herr Vater,
der General ist beym Pfarrherrn einquartiert,
aber ich wette, daß ers nicht so gut hat, wie
wir. — Da sie mir befahlen, voraus zu mar-
schi-

schiren, so habe ich schon alles ausspionirt,
was es auszuspioniren gab. Wir logiren hier
bey dem reichsten Amtmann der Gegend, aber
auch bey dem Eingebildesten von Allen. Er soll
stolzer seyn als ein Reichsgraf.

Hauptmann. Ein Original also?

Bahr. Das Schönste kommt noch. (Mit
einer geheimnißvollen Miene.) Er hat einen Schatz
in seinem Hause.

Hauptmann. (spöttisch) Einen Schatz?

Bahr. Ja, Herr Hauptmann, ein wah-
res Kleinod! — Seine Tochter — ich habs
nicht vom Hörensagen — ich habe sie beschaut —
ich, wie sie mich hier sehen — ein wahrer Lecker-
bissen — (für sich) Wenn mirs doch was ein-
brächte! Ich habe keinen Batzen in der Tasche.

Hauptmann. (Jronisch) Gewiß eine plum-
pe, pausbäckigte Bauernnymphe, die eben so
lächerlich ist, als ihr Vater — Aufrichtig zu
gestehen, Bahr, auf deine Kenntnisse der weib-
lichen Schönheit baue ich sehr wenig.

Bahr. schlägt auf seinen Magen.) Nein, so
wahr ich ein ehrlicher Kerl bin, und alleweile
für Hunger sterben möchte, es ist keine Dame

in Deutschland, die sich nicht ihren Wuchs und ihre Figur wünschen würde.

Hauptmann. Im Ernst? du machst mich neugierig. — Wie heißt sie? — wo ist sie? — ich will sie sehen —

Bahr. Sie kennen sie schon.

Hauptmann. Ich? ich kenne sie? geschwind rede, wer ist sie?

Bahr. Sie heißt Luise.

Hauptmann. (nachsinnend) Luise? — Luise? —

Bahr. Ja Luise, eben die Luise, die sie in Aldorf vor zwey Jahren sahen, eben das schöne Mädchen, das sie mit aller Gewalt aus dem Kloster haben wollten, wo sie erzogen ward, eben das allerliebste Ding, in das sie gleich so rasend verliebt wurden, als sie sie zum erstenmal in dem Haus ihrer alten Tante in Visite antrafen.

Hauptmann. Bahr, Bahr! ists möglich? redest du wahr? — sprich, sag: ist es die Luise, die — —

Bahr. Ja, ja, sie selbst! und ihr Vater ist der Amtmann Graumann.

Haupt-

Hauptmann. Bahr! ich muß das Mädchen haben, es mag kosten was es will. — Aber der Alte wird doch nicht wissen, daß ich es war, der seine Tochter in der Stadt sah?

Bahr. Er kann es nicht wissen. — Niemand hat damals ihren Namen erfahren; sie nannten sich ja Straldorf, — das Mädchen kanns vielleicht erfahren haben — aber dafür steh ich, daß sie sie nicht genannt hat.

Hauptmann. Ist sie noch so schön?

Bahr. Schöner als jemals — still! da kömmt ihr Bruder.

Zehnter Auftritt.

Vorige. Karl.

Karl. Seyn sie willkommen, mein Herr. Mein Vater und ich schätzen uns es für eine besondere Ehre, einen Mann von ihrem Rang bewirthen zu können.

Hauptmann. Guten Tag Freund!

Karl. Wir wünschen zwar im Stande zu seyn, sie besser zu logiren, aber wir gebens so gut, als wirs haben.

Hauptmann. Nun, ich dächte, ihr wäret recht gut logiret.

Karl. Nicht so gut, als wir es itzt um ihrentwillen wünschen.

Bahr. (In einem unfreundlichen Ton, und auf das Zimmer zeigend, wo sich Luise und Marianne befinden.) Hättet ihr nicht so viel Verstand haben, und meinem Herrn auch dort das Seitenzimmer einräumen können, um seine Sachen hinein zu thun?

Karl Wer hat ihm gesagt, daß dort ein Zimmer ist; kein Mensch kann es brauchen, nicht einmal er.

Hauptmann. (zu Karl Ich befinde mich hier recht gut. (zu Bahr) Was hast du dich darein zu mischen?

Karl. (macht eine Verbeugung)
(Der Hauptmann und Bahr sprechen heimlich miteinander.)

Karl. (für sich) Er fragt nach dem Zimmer? — Sollte was dahinter stecken? Ich muß horchen, vielleicht bekomme ich Licht. (laut) Ich will meinem Vater melden, daß sie hier sind. (ab sich versteckend.)

Eilfter

Eilfter Auftritt.

Der Hauptmann, Bahr. Karl (versteckt.)

Hauptmann. Sage nur, was dir ankam; bin ich hier nicht fürtreflich logirt? — Doch, sprich, hast du also wirklich die Schöne gesehen?

Bahr. Wie gesagt, gleich das erstemal, da ich hieher kam.

Hauptmann. Aber wo mag sie seyn?

Bahr. Als ich hereintrat, eilte sie weg.

Hauptmann. Der Alte wird sie versteckt haben.

Bahr. (Geheimnißvoll). Ich glaube daß sie der Vater dort ins Zimmer verschlossen hat. Da wird sie wohl bleiben müssen, bis wir weg sind; das muß ein verteufelter Alter seyn!

Hauptmann. Es soll ihm nicht gelingen — hätte ich sie gesehen, so würde ich vielleicht — aber da er sie vor mir versteckt, und ein Mißtrauen in mich setzt, so will ich sie sehen, es koste was es wolle.

Bahr. Nichts ist leichter — — soll ich ihnen ein Mittel vorschlagen?

Haupt-

Hauptmann. Von Herzen gern.

Bahr. Ja — aber was geben sie mir für meinen Einfall?

Hauptmann. Du bist doch der eigennützigste Schäcker, der — hier, sind zwey Thaler. Nun, wie heißt dein Einfall?

Bahr. Sie stellen sich recht bärbeißig gegen mich an; ich laufe vor ihnen, sie jagen mit blosem Degen hinter her, ich stürze mich gegen die Thüre des bewußten Zimmers — und da muß sie verteufelt fest seyn, wenn ich sie nicht mit dem ersten Stoß einsprenge. — Sie verfolgen mich, und kriegen so die Schöne zu sehen.

Hauptmann. Die Idee ist drollicht genug, sie hat meinen ganzen Beyfall.

Bahr. (leise) Jetzt gehts an, machen sie sich fertig. (schreyt) Sackerlot! ist das Manier, einen Soldaten so zu traktiren?

Hauptmann. (auch sehr laut) Was Kerl, in dem Ton sprichst du mit deinem Officier?

Bahr. (wie vorher) Sie sollen nun wissen, daß ichs müde bin, mich länger herumhudeln zu lassen.

Hauptmann. (wie oben) Den Augenblick hör auf zu räsonniren, oder ich will dir das Maul stopfen!

Bahr. (leise) Bravo! (laut) Was räsonniren? was Maul halten? es hat sich was zu räsonniren, wenn man Recht hat!

Hauptmann. (laut) Verdammter Kerl, zum letztenmal! —

Bahr. (leise) Ziehen Sie ihren Degen, und gehen Sie auf mich los. (laut) Ich mach' mir den Henker aus ihrer Fuchtel!

Hauptmann. (zieht seinen Degen; laut) Das geht zu weit, an die Wand, Hund, will ich dich spießen!

Bahr. (leise) So verfolgen sie mich doch. (laut) Hülfe! Mord! Er bringt mich um!

Hauptmann. (laut) Galgenvogel! Böser Wicht!

Bahr. (indem er die Thüre eingesprengt) Meine Damen, helfen sie mir; erbarmen sie sich meiner; schützen sie mich!

Zwölfter Auftritt.

Vorige. Luise. Marianne (hernach.)

Luise. (Die eilig herauskommt) Was habt
ihr? was schreyt ihr so? — Gott! wen seh
ich?

Marianne. (kömmt auch heraus) Mit welchem Recht drängt ihr euch so gewaltsam in unser Zimmer?

Bahr. (der sich hinter ihnen versteckt und
Luisen so dreht, daß der Hauptmann sie sehen kann)
Besänftigen sie ihn, ich bitte sie, oder ich bin
ein Kind des Todes.

Hauptmann. (der auf ihn losgehen will)
Der Schurke muß dran glauben.

Marianne. (läuft davon) Hülfe! Hülfe! — wo ist mein Onkel, mein Onkel!

Dreyzehnter Auftritt.

Luise. Der Hauptmann. Bahr.

Luise. Halten sie ein, Herr Haupt-
mann, ein Mann wie sie, kann unmöglich die
Achtung aus den Augen setzen; die er einem
Frauen-

Frauenzimmer schuldig ist; dieser Mensch hat Schutz hier gesucht, ich bitte für ihn um Gnade.

Hauptmann. (der den Degen wieder einsteckt. Nur ihr Vorspruch konnte den Elenden retten. Ich schenke ihm das Leben.

Luise. Himmel, mein Vater!

Babr. (für sich) Das wird einen schönen Lärm setzen.

Vierzehnter Auftritt.

Vorige. Graumann. Marianne.

Graumann. Ey, ey, Herr Hauptmann, ich denke sie bringen einen Menschen um, und ich finde sie, daß sie einem Mädchen Schmeicheleyen vorsagen: das heisse ich doch Größe der Seele, wenn man so bald Herr über seine Leidenschaften werden kann.

Hauptmann. Ich hatte meine gute Ursachen, so in Wuth zu gerathen, aber die Ehrfurcht für diese schöne Dame, hat meinen Zorn entwaffnet.

Graumann. Herr Hauptmann, es ist Luise, meine Tochter, ein Bürgermädchen, und keine schöne Dame.

Fünf-

Fünfzehnter Auftritt.

Karl und die Vorigen.

Karl. (der aus seinem Winkel gekommen ist) (bey Seite mit Hitze) Spiegelgefechte! abgeredete Karte! (laut) Herr Hauptmann, es ist nicht fein von ihnen, daß sie die Freundschaft, mit der sie mein Vater aufgenommen hat, so hintenansetzen, in meiner Schwester Zimmer einbrechen und uns einen solchen Schimpf anthun.

Graumann. Junger Bursche, was hast du darein zu reden? Wenn sein Soldat sich gegen ihn vergieng, so hat er Recht, ihn zu strafen; meine Tochter muß es sich für ein besonder Glück schätzen, daß er um ihrentwillen verziehen hat; und ich selbst danke dem Herrn Hauptmann, daß er diese Achtung für sie haben wollte.

Hauptmann. (zu Graumann) Das war vernünftig gesprochen. (zu Karl) Und ihr seht einandermal erst zu, wen ihr vor euch habt.

Karl. Das weiß ich recht gut, wen ich vor mir habe.

Graumann. (verweisend zu Karln) Du? fängst du wieder an?

Haupt=

Hauptmann. (zu Karl) Ein Glück für euch, daß euer Vater zugegen ist, sonst wollt ich euch Mores lehren.

Graumann. Stille, Herr Hauptmann, das verbitte ich mir; ich kann mit meinem Sohne machen, was ich will; aber sie haben ihm nichts zu sagen.

Karl. Von meinem Vater leide ich alles, aber ein andrer soll mir kommen —

Luise. (bey Seite) Ich zittere.

Hauptmann. Nu, und was weiter?

Karl. Leib und Leben wage ich dran, wer meiner Ehre zu nahe tritt.

Hauptmann. (spöttisch) Ueber die Ehre! so ein Bauer, und Ehre!

Karl. Vielleicht hat er ihrer mehr, als der, der auf lauter Ränke ausgeht, und in fremde Zimmer bricht.

Graumann. Schweig; ich befehle es dir.

Luise. Liebster Bruder!

Marianne. Ach, mein Onkel, reden sie ihm doch zu.

Hauptmann. (die Hand an den Degen legend) Du Grobian! ich will dich lehren —

Grau

Graumann. Herr Hauptmann! —

Bahr. (bey Seite) Ich wollte, er schlüge
sie alle beyde zusammen.

Graumann. (trozig) Vergessen sie nicht,
daß ich auch da bin.

Karl. Er soll nur kommen!

Sechszehnter Auftritt.

Vorige. Ein Adjutant. Verschiedene
Unterofficiers, gleich hernach der
General v. Stern.

Adjutant. Herr Hauptmann, der Herr
General! Er ist schon auf der Treppe —

Hauptmann. (bestürzt) Mein Vater?

Der General. (im Hereintreten) Was
giebts hier? wie, das erste, was ich antreffe ist
Zank und Spektakel?

Hauptmann. (bestürzt) Nichts, mein
Vater — eine Kleinigkeit —

General. Aber es ist doch hier was vor-
gegangen! Beym Teufel, will niemand reden?
Thut die Mäuler auf, oder ich schmeisse Kerls,
Weiber und Haus zum Fenster hinaus — Ich
bin

bin so toll — Ists nicht genug, daß man mich den verdammten Marsch machen läßt, muß man mich auch noch in so ein sappermentisches Nest sperren, wie des Pfarrherrn seines ist? Ich wollte, daß ihn der Teufel holte, und meinen Quartiermeister dazu! — Mein Bein thut mir so höllenmäßig weh, — und kein Mensch will auch antworten, was hier vorgefallen ist. Kreutz hundert tausend Sapperment! zum letztenmal! wollt ihr reden?

Graumann. Es ist nichts, Herr General.

General. Heraus Kapitain — — sage mir die Wahrheit, mein Sohn.

Hauptmann. Die ganze Sache ist die: Ich liege hier im Quartier; ein Soldat zwingt mich, den Degen auf ihn zu ziehen; er flüchtet sich in dies Zimmer; ich setze ihm nach, und finde diese beyde Mädchen; ihr Vater, ihr Bruder — oder was sie sonst sind — kommen dazu, und belieben es übel zu nehmen; das ists alles.

General. Da bin ich just zur rechten Zeit gekommen. Ich will euch alle zufrieden stellen.

Wo

Wo ist der Soldat, der seinen Officier so weit gebracht hat, daß er gegen ihn hat ziehen müssen?

Bahr. (erschrocken für sich) Nun werde ich das Bad austrücken müssen.

Marianne. Hier steht er. (auf den Bahr deutend.

Graumann. (mit Autorität) Wer heißt dich reden?

General. (zum Adjutanten) Auf einen Bund Stroh mit dem Hund, und hundert aufgezählt.

Hauptmann. (sachte zu Bahr) Geh nur, mein Sohn, und schweige still, ich will dir schon durchhelfen.

Bahr. (zum Hauptmann) Da wäre ich ein ein rechter Narr wenn ich schwiege; sie schlügen mich zu Brey (zum General) Ew. Excellenz lassen sich in Unterthänigkeit vorstellen, daß das alles nur ein verabredetes Spiel, und eine kleine List von meinem Hauptmann war, um — um —

General. Mach fort!

Bahr.

Bahr. Um diese Damen zu sehen.

Graumann. Also hatten wir nicht so ganz Unrecht, Herr General.,

General. Weiter nichts, als das? Was Teufel, deswegen brauchte nicht das ganze Dorf in Bewegung zu kommen. (zum Adjutant) Herr Adjutant, laſſen Sie bekannt machen, daß alle Soldaten ſich in ihren Quartieren ruhig verhalten ſollen, wer dawider handelt oder marodirt, ſoll hängen. (Adjutant und Unterofficiers ab) Uebrigens, um dem Ding hier ein Ende zu machen, (zum Kapitain) ſo geh er ſeine Straße, und ſuch er ſich ein ander Quartier, ich bleibe hier; weiß er was, Kapitain, er kann des verfluchten Pfarrherrn ſein Rattenneſt nehmen, das weder Thüre noch Fenſter hat. — Danke ſchönſtens!

(Der Hauptmann geht ab. Bahr nimmt das Felleiſen auf die Schulter, das Paquet unter dem Arm und läuft eiligſt weg.)

Graumann. (mit Autorität zu ſeiner Familie) Entfernt euch!

(Luiſe und Marianne gehen ab.)

C   Sieben-

Siebenzehnter Auftritt.

Der General. Graumann und Karl.

Graumann. (für ſich) Der Herr General
ſcheint noch eben ſo verdammt hitzig zu ſeyn,
wie ſonſt; wir werden uns nicht gut vertragen.
(laut) Kann ich die Ehre haben ihnen womit
aufzuwarten? (für ſich) Er kennt mich nicht
mehr.

General. Haſt du guten Toback, ſo gieb
mir eine Pfeiffe; — hörſt du? — —

Graumann. Hörſt du nicht, Karl? der
Herr General ſpricht mit dir.

General. Was? mit dir rede ich, alter
Graubart!

Graumann. Mit mir? — Ich habe
warlich nicht geglaubt, daß ich noch die Ehre
haben würde, mich mit einer Excellenz zu dutzen.

General. Zu dutzen, alter Kerl, biſt du
toll?

Graumann. Ganz und gar nicht. Mich
hat noch niemand Du genannt, alsseden ich wieder Du genannt habe.

Gene-

General. (für sich) Der alte Bursche ist stolz.

Graumann. (für sich) Höflichkeit gilt bey dem Manne nicht. (setzt sich, laut) Ihro Excellenz werden vielleicht nicht wissen, daß ich von Ihro Majestät zum Amtmann hier eingesetzt bin, und Graumann heisse?

General. Meinetwegen mag dich der Teufel eingesetzt haben; gieb mir nur eine Pfeife Toback.

Graumann. Geh, besorg es, Karl.
(Karl geht ab.)

General. Hör'n mal guter Freund — es scheint dich zu verdriessen, daß ich dich dutze; du sollst aber wissen, daß das meine Art ist, wenn wir jemand gefällt; und du scheinst mir ein ehrlicher Mann zu seyn.

Graumann. In dem Falle bitte ich sie wegen meiner Empfindlichkeit um Verzeihung.

General. Uf! das verdammte Bein! — Sag mir, Alter, bist du nicht froh, daß ich zu rechter Zeit zu dem Lärm gekommen bin?

Grau-

Graumann O ja, Herr General! Sie haben mir aus einer Sache geholfen, die mich hätte unglücklich machen können.

General. Unglücklich? wie so?

Graumann. Ich befand mich in der Verlegenheit, dem Officier Arm und Bein entzwey schlagen zu laſſen.

General. Was Teufel! weißt du wohl, daß er Baron und Hauptmann iſt?

Graumann. Ja; beym Teufel! und wär er auch Graf und General, so hätt ichs gethan!

General. Bey meiner Seel! wer dem geringſten meiner Soldaten auch nur ein Haar krümmt, den laß ich ohne Barmherzigkeit hängen.

Graumann. Sehr wohl! — und bey meiner Seele! wer mir nur den geringſten Schein einer Beleidigung erweißt, den häng ich ſelbſt auf, ohne weitere Umſtände. Zeigen ſie mir das Geſetz, das dem Soldaten erlaubt, den Bürger ungeſtraft zu beleidigen?

General. Sapperment! ich glaube du haſt Recht.

Grau-

Graumann. Ja, das hab ich; denn ich habe allezeit Recht.

Achtzehnter Auftritt.

Vorige. Karl.

Karl. (mit einer Pfeife) Hier, Ihro Excellenz —

General. (nach einigen Zügen, aus der Pfeife) Der Toback ist gut. — Wer ist der Bursche?

Graumann. Es ist mein Sohn.

General. Ein hübscher Junge! wie alt?

Graumann. Zwanzig Jahre.

General. O da kann er noch wachsen! warum läßt du ihn nicht Soldat werden, Alter?

Karl. Ach Ihro Excellenz! wenn sie doch meinen Vater dazu bereden könnten!

General. Nu warum willst du nicht, Alter?

Graumann. Herr General! — —

General. Wenn er nun aber Lust dazu hat?

Karl.

Karl. Ja, lieber Vater! werde ich nicht Soldat, so bin ich gewiß ein unglücklicher Mensch — jeder andre Stand ist mir zuwider.

Graumann. Ich fürchte seine ausschweifende, wilde Gemüthsart.

General. Ach guter Alter, sey deswegen unbesorgt! Wildheit giebt sich beym Soldaten — Strapatzen und scharfe Disciplin vertreibt die Wildheit.

Graumann. Und dann, wie sie sagen, Strapatzen —

Karl. Die sind doch nichts gegen die Annehmlichkeiten —

General. Ja? meint er?

Graumann. Das sehr langsame Avancement eines Bürgerlichen —

General. Nu, wenn du Geld hast, Alter, so laß ihn adeln.

Graumann. Nein — was würd' er dabey gewinnen? würde er durch gekauften Adel besser als er war? Ehre läßt sich nicht erkaufen. Wenn ein Kahlkopf sich eine Perücke anschaft, hört er denn auf ein Kahlkopf zu seyn? Was ist dran gelegen, ob er den Kopf bloß trägt oder

oder nicht, da doch alle Welt weiß, daß er
keine Haare hat. — Mit einem Worte, ich verlange keine Ehre, die mir nicht gehört. Mein
Vater, mein Großvater waren nicht von Adel,
meine Kinder sollen es auch nicht seyn — we-
nigstens vor Geld nicht.

General. Du bist ein Teufelskerl, Alter!
du hast Verstand. Aber wenn ich dir rathen
soll, so laß deinen Sohn Soldat werden, sonst
wirds ein Taugenichts.

Karl. (fällt seinem Vater zu Füßen) Liebster,
liebster Vater! thun sie es doch!

Graumann. Wenn du denn durchaus
willst — in Gottes Namen — gieb mir aber
die Schuld nicht, wenns dir übel geht.

General. Das ist brav, Alter! Ich verspreche dir Freude von dem Jungen. — Unterofficier! —

Neunzehnter Auftritt.

Vorige. Ein Unterofficier.

General. Enroullirt den Burschen, und
kleidet ihn gleich.

Karl.

Karl. (springt vor Freuden herum) Tausend
Dank, Herr General, tausend Dank, lieber
Vater! Gottlob! Gottlob! nun bin ich Sol-
dat! — Komm er, lieber Herr Unterofficier!
(**Karl und der Unterofficier gehen ab.**)

Zwanzigster Auftritt.

Der General. Graumann her- nach 2. Bediente.

General. Ich verspreche dir, daß der
Junge so bald avanciren soll, als möglich!

Graumann. Und ich bitte, ihn nicht eher
avanciren zu lassen, als bis ers verdient.

General. Du bist der sonderbarste Kerl,
den ich in meinem ganzen Leben gesehen habe!

Graumann Ohne Vergleichung, kann
ich eben das von ihnen sagen.

General. Uf! ich muß mich wahrhaftig
niederlegen, und das verdammte Bein ruhen
lassen, womit mich der Teufel behext hat.

Graumann. Wer wehrts ihnen? Der
Teufel hat mich mit einem Bette behext, da
kön-

können sie sich hinein legen, bis das Essen fertig ist.

General. Hat dir der Teufel das Bett weiß überzogen und gemacht gegeben?

Graumann. Ja, das hat er.

General. Sapperment! ich muß nur machen, daß ich hinein komme, ich halts nicht aus.

Graumann. Nun, zum tausend Sapperment, legen sie sich nieder!

General. He! (es kommen zwei Bediente. Für sich) der Kerl ist des Teufels, er flucht eben so arg als ich. — Führt mich! — daß euch das Wetter, faßt sachte an.

Graumann. Daß euch das Wetter, so nehmt euch doch mit dem Herrn General in Acht!

General. (im Abziehen) Du bist ein alter Blißkerl!

Graumann. Dies ist, glaub ich, die einzige Art, mit dem Manne auszukommen. (auch ab.)

Zweyter Aufzug.

Erster Auftritt.

(Das vorige Zimmer. — Dunkel.)

Der Hauptmann. Bahr.

Bahr. (Hat eine Laterne, streckt den Kopf zur Thür herein) Herr Hauptmann kommen sie, es ist niemand im Zimmer; die Lichter sind alle aus — ihr Herr Vater schläft, und der Alte ist im Dorf.

(Beyde kommen herein.)

Hauptmann. Bahr komm, laß uns das Zimmer visitiren, wo wir am besten beykommen können. — Sieh, dahier ist eine Thür.

Bahr. Still! still! nicht so laut! es ist die Thür zu Luisens Zimmer; dahier müssen wir den Angriff wagen — hier!

Hauptmann. Recht so! du stellst dich dahin, und wenn sie herauskommt, packst du sie gleich auf, daß sie nicht schreyen kann. Ich steh

steh da an der Thür und bring sie aufs Pferd —
hör! mach nur daß Jakob bey Zeiten da ist.

Bahr. Es ist schon alles bestellt.

Hauptmann. Gut — so mach ſdir nur
hier mit Kohlen ein Zeichen ins Zimmer, damit wir nicht die Plätze beym Angriff ver-
wechseln.

Bahr. Ha! ich hör den alten Amtmann
bey seiner Tochter — kommen sie, es ist Zeit.

Hauptmann. Bahr höre, was meinst du,
wenn wir Luisen erst ein Ständchen brächten;
das wird sie vielleicht menschlicher gegen mich
machen — mein Vater schläft doch noch lange.

Bahr. Der Gedanke ist fürtreflich! und
da wird man auch nicht unsern andern Anschlag
merken können. — Aber kommen sie, kommen
sie, der Teufel hat sein Spiel hier.

(Sie gehen leise ab.)

Zweyter Auftritt.

Graumann. Luise. Heinrich (der
den Tisch deckt.)

Graumann. Ist der General noch nicht
aufgestanden?

Hein:

Heinrich. Nein, Herr Amtmann.

Graumann. Sobald er aufsteht, sagt es mir.

(Heinrich ab.)

Dritter Auftritt.

Vorige. Marianne. Karl. (hernach Heinrich.)

Karl. (als Soldat gekleidet) Nun, lieber Vater, nun liebe Schwester! sieht mirs nicht recht gut? — O, ich bin für Freuden ausser mir!

Luise. Lieber Karl, du wirst den Schritt gewiß bereuen!

Karl. Meinst du? hahaha!

Graumann. Nichte, warum sind deine Augen so roth? Ich glaube gar du hast geweint! Pfui, der Schande! Er kommt ja wieder —

Marianne. Ach! wer weiß —

Graumann. Vielleicht bald als Lieutenannt, oder gar als Hauptmann, und dann ists immer Zeit zur Hochzeit; nicht wahr, mein Sohn?

Karl.

Karl. Ja mein Vater; und dann kann ich doch auch selbst eine Frau ernähren. Das versprech ich ihnen und Mariannen heilig, daß ich kein ander Mädchen nehmen werde, als sie; Marianne da hast du meine Hand darauf.

Graumann. Und da habt ihr meinen Segen dazu, Kinder.

Marianne. Ach ich wollt' daß er nicht weg gieng!

Graumann. Das war ein verdammter Streich mit dem Hauptmann! — da siehst du Luise, wie sich Mädchen in deinem Alter, mit einem hübschen Lärvchen vor der Verführung in Acht zu nehmen haben.

Luise. O mein Vater, wär nur der Hauptmann weg! ich hab' keine Ruh — ich möchte weinen, und ich weiß nicht warum.

Graumann. Sey ohne Sorgen. — Wer dir zu nahe kömmt, Mädchen! dem schieß ich eine Kugel vor den Kopf.

Luise. (fällt ihm weinend um den Hals) O mein Vater!

Heinrich. (kommt) Der Herr General kommt. (ab.)

Grau.

Graumann. So geht, meine Kinder, geht in euer Zimmer; niemand darf euch sehen. (beyde Frauenzimmer gehen ab.)

Vierter Auftritt.

Graumann. Karl (der dem General die Thür öfnet.)

Graumann. Haben sie wohl geruhet, Herr General? hat der Schmerz nachgelassen?

General. Den Teufel mag er nachgelassen haben — —

Graumann. (für sich) Noch immer derselbe. — (laut) Heinrich!

Fünfter Auftritt.

Heinrich. Vorige.

Heinrich. Herr Amtmann?

Graumann. Bringt das Essen. (Heinrich ab) — Setzen sie sich, lieber Herr General. Schlagen sie den Schmerz aus den Gedanken; ich hab ein gut Glas Wein, das sie erfreuen wird.

Gene-

General. Ich bin des Teufels, wo mich etwas in der Welt erfreuen wird.

Graumann. Das thut mir leid!
(Heinrich bringt das Essen.)

General. (setzt sich) Du, bring noch ein Couvert. Uf! setz dich, Alter, setz dich!
(Heinrich geht ab, und kommt mit dem verlangten gleich wieder.)

Graumann. Ich danke sehr, Herr General, ich steh recht gut.

General. Du sollst dich setzen, sag ich, und mit mir essen, oder das Wetter — —

Graumann. Weil sie es denn so haben wollen, so will ich mir die Freyheit nehmen ihnen Gesellschaft zu leisten. (Der General legt Graumann vor. Karl und Heinrich warten auf.)

General. Hör einmal, du bist ein sonderbarer alter Kerl! Ehe ich schlafen gieng, hast du dich ungeheissen zu mir gesetzt, und noch dazu die Oberstelle genommen, und nun läßt du dich nöthigen.

Graumann. Ich bin allezeit höflich, wenn andre Leute es auch sind.

General

General. Du warst erst ordentlich grob; haft geflucht und geschworen, daß mir bange ward. Machteft einen Lärm vom Teufel — und nun bift du ftill, artig und höflich.

Graumann. Herr General, ich antworte allezeit in dem Tone in dem man mit mir redet. Sie waren erft verdrießlich, ich war es auch. Alles was man thut, mach ich mit, und dieß geht sehr weit mit mir. Als fie fich niederleg= ten, legte ich mich auch ein Stündgen nieder, und habe warlich ihres bleßirten Beins willen auch nicht schlafen können, und da ich nicht wußte, obs bey ihnen das rechte oder das linke war, thaten fie mir alle beyde weh. —

General. Du willft mich aufziehen, alter Burfch! Aber ich hab, hol mich der Teufel zu kla= gen, fünf und dreißig Jahr dien ich schon. Im Winter beftändig in Eis und Schnee, und des Som= mers in der Hitze — und nun die verteufelte Blef= fur. — Uf! ich habe feit drei Monat keine Stunde ohne Schmerzen zugebracht — A propos — du haft ja eine Tochter, laß fie doch mit essen.

Graumann. Karl, ruf deine Schwefter.

(*Karl geht ab.*)

E

Gene=

General. Ich bin ein kranker, lahmer Hund, drum bist du so gefällig.

Graumann. Wahrhaftig nicht. Und wenn sie so gesund wären, als ich wünsche, so würd' ich sie doch kommen lassen. Ich habe freylich meiner Tochter befohlen, sich diese Zeit über nicht sehen zu lassen, weil ich sie keinen groben Begegnungen aussetzen wollte; wären aber alle Soldaten so höflich, wie sie, Herr General —

General. Ah der schlaue Fuchs! wie er schmeichelt!

Sechster Auftritt.

Luise. Karl. Heinrich (welcher noch ein Couvert bringt.) Vorige.

(Hernach der Hauptmann und Bahr von aussen.)

Luise. Was befehlen sie, lieber Papa?

Graumann. Der Herr General hat dir die Ehre erzeigt, dich rufen zu lassen.

Luise. Was befehlen Ihro Excellenz?

General. O unterthäniger Diener — Wollen sie nicht mit uns essen, Mamsell?

Luise. Es wird sich nicht wohl schicken —

General. Nehmen sie Platz.

Graumann. Setz dich, thu was der Herr General befiehlt. (Karl setzt sich auch) Wer hat dir erlaubt, dich zu setzen?

Karl. Ich dachte, da meine Schwester —

Graumann. Ist es Gebrauch, Ihro Excellenz, daß der Soldat mit dem General speißt?

General. (Der seitdem sich Karl gesezt hat, immer gelacht) Dann und wann, wenn der General mit dem Soldaten vorlieb nimmt, — — in Friedenszeiten aber schwerlich.

Graumann. Wart also so lange, bis solche Gelegenheit kömmt. (Karl steht beschämt)

General. Hahaha! Nimm dich in acht, Bursche, daß du dir nicht die Freyheit bey deinem Hauptmann oder Leutnant nimmst — — Hahaha! — da würde es garstige Fuchtel setzen. — Du hast aber doch wahrhaftig scharmante Kinder — Das Mädchen ist ein wahrer Engel. Ich bewundre nur, wie du ihnen auf dem Lande einen so vortreflichen Anstand hast beybringen können.

Grau

Graumann. Je nun! gute Lehren, und gute Meiſter; ſo gut als ſie zu haben waren — —

Luiſe. Mein Vater vergißt hinzuzuſetzen, daß wir ihm und ſeiner Sorgfalt das mehreſte verdanken.

(Der General will ſich einſchenken.)

Luiſe. (die ihm zuvorkommt, und ihm das Glas auf einem Teller überreicht) Erlauben ſie, Herr General, daß ich mir die Ehre geben, und ſie bedienen darf.

General. (Nachdem er getrunken, zu Graumann) Er iſt fürtreflich! (zu Luiſen) Und von ihrer Hand, mein ſchönes Kind, ſchmeckt er noch einmal ſo gut. (zu Graumann) Du biſt glücklich, du haſt deine Zeit nutzen können, aber unſer einer — dreyßig Feldzüge! da verbietet es ſich. (zu Luiſen) Gefällts ihnen hier?

Luiſe. Herr General, es gefällt mir immer da, wo mich meine Pflichten hinrufen.

General. (der ißt) Sie antworten wie ein Engel, Schatz! (zu Graumann) Biſt du nicht ſtolz auf ſo eine Tochter?

Grau-

Graumann. Eben nicht mehr, als auf einen schönen guten Baum, in meiner Baumschule. Aber ich danke täglich Gott, für die Freude, die er mich an ihr erleben läßt. Sie war einmal in Gefahr, von einem Officier verführt zu werden, aber ich meyne, ich hab sie noch bey Zeiten gerettet!

General. Ich habe einen Sohn, einen einzigen Sohn; du hast ihn gesehen. Sobald er schultern konnte, that ich ihn unter das Regiment. Ordnung, Pünktlichkeit, das ist alles, was ich von ihm verlange; im übrigen mag er sich selbst bilden. Wo kriegt unser einer die Zeit her, sich mit Erziehung abzugeben? Deßwegen wirds ihm nicht schlimmer gehen, als mir. Coup d'œil, kaltes Blut, und aufgepaßt, das macht in unserm Handwerk den Mann.

Graumann. Er ist ihr Sohn, Herr General, er wird in ihre Fußtapfen treten.

General. Du wißst nur die Komplimente quitt machen, die ich deiner Tochter gesagt habe; aber im Herzen wurmt dir doch noch die heutige Geschichte.

Graumann. Nicht im mindesten; ich schwöre es; ich habe zu sehr dabey gewonnen, da sie mir die Ehre ihres Besuchs verschaft hat.

General. Du bist höflich, wie ein Hofmann. Aber Kavaliersparole! deine Tochter hat einen Anstand und ein Wesen, das mich entzückt. Lieben Kinder, ihr müßt mir das Vergnügen machen, und auf meine Gesundheit trinken; ich will wieder Bescheid thun. Graumann, ich bringe dir die Gesundheit deiner Tochter! (Er schenkt ihr ein, und bringt ihr das Glas)

Graumann. (ehe er trinkt) Herr General, sie erweisen uns zu viel Gnade.

Luise. (auch so) Weil sie's so befehlen, Herr General.

General. (entzückt) O tausendmal obligirt, meine allerliebste Kinder. Ich habe lange nicht so einen vergnügten Abend gehabt — — (Man hört auf der Gasse auf Instrumenten stimmen und präludiren)

Was ist das?

(Luise steht auf und geht ans Fenster.)

Graumann. Vermuthlich Soldaten; denn wir wissen sonst von keiner Nachtmusik hier.

Gene-

General. Sie werden mir eine Freude machen wollen.

Der Hauptmann (auf der Straße.)

Sie ist am Fenster; nun fangt an.

Graumann. Kennen sie die Stimme, Herr General?

General. Nein.

Graumann. Ich kenne sie wohl. — Der Unverschämte!

(Man singt auf der Straße, Karl geht ab.)

„Luise, höre mich

„Nur dich, dich liebe ich!

Luise. Was hör ich? ach mein Vater! (geht vom Fenster weg.)

Graumann. (für sich) Die Kerls wollen mir mit ihrer Nachtmusik zu Leibe.

General. (für sich) Der Teufel soll die Schurken holen, daß sie mein Quartier nicht besser respectiren! Ich will mich aber vor den Leuten hier verstellen. (laut) Was das für Thorheiten sind!

Graumann. Es sind junge Leute! (für sich)
wäre

wäre nur der General nicht hier, ich wollte ihnen schon die Wege weisen.

— **Karl** (kömmt zurück) —

Es ist der Hauptmann mit einigen Solda=
ten. Ich hörte sie leise sagen — „Sie wollten
so lange singen, bis meine Schwester wieder ans
Fenster käme; denn er müßte sie durchaus spre=
chen — Er sagte auch: der alte tolle General
müßte gewiß schlafen, weil er sich noch nicht ge=
meldet hätte.

General. (schmeißt ein Glas entzwey) Der
Donner! —

Graumann. (thut das nemliche) Und das
Wetter!

General. Verzeiht mir meine Ungeduld.
Das verfluchte Bein läßt mir keine Ruhe.

Graumann. Es thut mir leid.

General. Nun haben sie ja aufgehört.

(Es wird ein Brief an einen Stein fest gemacht,
durchs Fenster geworfen.)

General. Was ist das?

Karl. (der ihn aufgehoben, liest) „An Ma=
demoiselle Luisen.„ Sie haben einen Stein mit
diesem Briefe durchs Fenster geworfen.

D 4 Gene.

General. (schmeißt eine Bouteille entzwey) Das ist zu toll! Der Teufel! — Der Adjutant soll kommen.

(Heinrich ab, kommt wieder.)

Graumann. (wirft den Stuhl um) Der Schurke, der —

General. Das verwünschte Bein!

Graumann. Ich bedaure sehr.

General. Was fehlt dir denn? warum warfst du den Stuhl um?

Graumann. Da sie die Bouteille entzwey warfen, so war mir nichts anders zur Hand, als der Stuhl.

(Heinrich trägt den Tisch fort.)

Luise. Ach mein Bruder! du darfst nicht von mir weg.

Karl. Es ist aber doch ein unverschämter Kerl, der Hauptmann.

Graumann. Geh Luise, laß uns.

(Luise geht ab.)

Bauern (rufen auf der Straße.) Schlagt sie todt die Hunde, die sich unterstehen, unserm Herrn Amtmann die Fenster einzuwerfen.

Grau

Beyde reden zugleich. {

Graumann (geht an das eine Fenster.) Gebt euch zur Ruh ihr Leute — es war nichts, es war nur Kurzweil.

General (geht an das andere Fenster.) Soldaten auseinander und ins Quartier, oder das Wetter soll euch erschlagen!

General. (ruft) Hauptmann von Stern! mein Sohn!

Bahr. (auf der Straße) Ist nicht hier, Ihro Excellenz.

General. (zu Karln) Sag meinen Bedienten, daß sie meine Sachen in Ordnung bringen. (Karl geht ab.) Ich muß dem Ding ein Ende machen.

Siebenter Auftritt.

Der Adjutant. General. Graumann.

General. (zum Adjut.) Geben sie Ordre, daß sich das Regiment den Augenblick marschfertig macht. Der Hauptmann von Stern soll mit seiner Kompagnie der erste seyn. — Wenn in einer halben

Vier=

Viertelſtunde noch ein Mann im Dorfe iſt, ſo
ſoll ihnen das Wetter auf die Köpfe kommen.

(Adjutant ab.)

Graumann. Iſt das wirklich Ernſt,
Herr General?

General. Was ſoll ich machen? Es käme
noch des Teufels Unfug heraus; und den König muß ich alle Stunden vermuthen. Da, ſiehſt
du, was ich für ein armer geplagter Teufel bin.
(man hört draußen trommeln) Ha! es geht ſchon
wacker drauf los. Das verdammte Bein!

Achter Auftritt.

Der Hauptmann. Vorige.

General. Was willſt du? was willſt du?
Hab ich nicht befohlen, daß du unverzüglich
marſchiren ſollſt?

Hauptmann. Es iſt alles in Ordnung —
ich wollte aber doch ſelbſt hören, ob nicht ein
Mißverſtändnis — weil ich noch eine halbe
Stunde —

General. Ach was Mißverſtändnis! —
vas halbe Stunde! — oder ſoll ich etwa die

Sache

Sache untersuchen? — Ich will's itzt aus gewissen Ursachen nicht thun; aber der Teufel soll mich holen, bey dem ersten Exceß — Marsch! Marsch!

(Hauptmann ab.)

Neunter Auftritt.

Karl. General. Graumann.

Karl. (Mit Tornister marschfertig) Es ist alles fertig, Ihro Excellenz.

General. Das Hundeleben, das! das verdammte Bein! Bist du auch fertig, Bursche?

Karl. Ja, Ihro Excellenz.

General. Nun, so nimm Abschied von deinem Vater. — Leb wohl Alter! — Ich dank dir für deine gute Bewirthung. Wenn mich der Henker in dem Kriege nicht holt, so kehr ich wieder beym Rückmarsch bey dir ein.

Graumann. Herr General — ich hab eine Bitte —

General. Nu? fix! denn ich muß fort.

Graumann. Erlauben sie mir, meinen Sohn noch eine halbe Stunde, dann schick ich

ihn

nach. Ich denke, er hat noch einige Erinnerungen und Lehren seines Vaters nöthig.

General. Das ist billig. Das ist billig! Aber in drey Stunden muß er bey seiner Kompagnie seyn, oder ohne Gnade Spießruthen! Leb wohl, Alter! leb wohl! — Grüß deine Tochter. Das verdammte Bein! (hinkt ab.)

Zehnter Auftritt.

Graumann. Karl.

Graumann. Ich weiß nicht, Karl! mir ist, als ob ich dich auf dieser Welt zum letztenmale sähe.

Karl. O lieber Vater!

Graumann. Du kennst nicht alle Gefahren dieses Standes; und, Gott weiß! ich hätte nimmermehr eingewilligt, wenns nicht das Beste wäre, aus zwey Uebeln das kleinste zu wählen. — Da es nun so ist, so beschwör ich dich, Karl! sey immer bescheiden. — Bescheidenheit bedeckt alle Fehler, die man etwa an sich hat. Hochmuth aber läßt welche an uns bemerken, die wir wirklich nicht besitzen. Sey rechtschaffen, höflich, und weder geitzig noch ver-

verſchwenderiſch. Mit dem Hut unterm Arm und Geld in der Hand erwirbt man ſich ſichre Freunde. Rede niemals vom Frauenzimmer übel. Die geringſte unter ihnen, verdient Achtung, ihres Geſchlechts wegen. Schlage dich nicht ohne Urſache. Wenn ich junge Leute ſehe, die fechten lernen, ſo denk ich immer: der Fechtmeiſter ſollte ſie auch lehren können, in welchen Umſtänden es nöthig ſeye, den Degen zu ziehen. — Durch deine gute Aufführung, durch die Gewogenheit des Generals, und vor allem, durch meinen väterlichen Segen, hoffe ich dich dereinſt in einem größern Range wieder zu ſehen. Bedenke, und erinnere dich alle Minuten, was du in deinem Stande verſprochen und geſchworen haſt. Leb wohl, mein Sohn! Gott erhalte — und ſegne dich!

Karl. Leben ſie wohl, liebſter, beſter Vater!

Graumann. Hier haſt du etwas Geld! Wenn ich höre, daß du es vernünftig anwendeſt, ſo ſoll es dir niemals fehlen. — Nun nimm von deiner Schweſter und auch von Mariannen Abſchied. —

(Gehen ab.)

Drit-

Dritter Aufzug

Erster Auftritt.

Graumann (im Schlafrock.)

Was Teufels ist das hier vor ein Lärmen! —
kann kein Aug zuthun. Trepp auf, Trepp ab,
unten, oben, im Garten, überall Lärm; sogar
in diesem Zimmer hier — (er leuchtet umher)
und doch ist niemand hier, niemand! (Er öfnet
Luisens Zimmer) Luise! Luise! — keine Antwort? — nu, das Mädchen schläft gewaltig! —
man sieht daß sie nicht verliebt ist. — Luise! —
ich will doch sehen — (geht hinein und gleich
wieder heraus) Sie ist nicht da! Sapperment! wo
mag sie seyn? — so spät? — alle Teufel! wo
mag sie seyn? — wenn der Hauptmann nicht
weg wär — ich glaub' ich gerieth auf Gedanken —

Zweyter Auftritt.

Graumann. Marianne. Hals, Heinrich.

Marianne. Ach! um Gotteswillen, Herr Onkel! Barmherzigkeit! Barmherzigkeit — ich bin unschuldig.

Hals. Ums Himmelswillen! Hülfe! Hülfe!

Graumann. Seyd ihr rasend? — was ists?

Mariane. Ach! meine liebe Cousine! ihre Jungfer Tochter — ich habe wahrhaftig keinen Theil daran!

Graumann. Marianne, Marianne! fasse dich — fasse dich!

Marianne. Ach lieber Gott! ich armes, unglückliches Mädchen! O meine liebe, liebe Cousine!

Graumann. So sprecht doch, ins Henkers Namen — ist sie todt?

Marianne. Ach nein! — der Hauptmann hat sie mit zwey Soldaten mit Gewalt fortgeschleppt.

Grau

Graumann. Ach! Verfluchter, du sollst
mirs bezahlen! (will ablaufen, kommt wieder zurück)
Großer Gott! — — — Gott! — Gott! — —
Hals, biet er das ganze Dorf auf! — Schaff
er mir mein Kind wieder — — ich bitt ihn
um Gotteswillen — — meinen Rock — meinen Hut — meinen Stock! Hals um Gotteswillen nach! mein Kind — mein armes Kind!

Hals. Wir wollen sterben, Herr Amtmann, oder sie wiederbringen. (ab.)

Graumann. Wo ist Karl? — Gott!
mußt ich darum so alt werden! O meine arme
arme Luise! wie gieng die Sache zu, Marianne? Heinrich, meinen Rock — mein Huth —
meinen Rock! lauft! lauft! —

(Heinrich geht ab.)

Graumann. O wie giengs zu, Marianne! wie giengs zu?

Marianne. Ach lieber Herr Onkel, wir
giengen im Garten auf und ab; Luise sprach
von ihnen. Wir weinten alle beyde über ihre
Gütigkeit, und baten den lieben Himmel, sie
uns noch lange Jahre zu erhalten. Wir hörten
keine Trommeln mehr, und dachten, die Soldaten

ten wären lange fort; auf einmal sprangen drey
Leute über den Zaun; — wir liefen aus allen
Kräften, allein sie holten uns bald ein. — Der
Hauptmann faßte Luisen und trug sie fort. —
Mich stiessen die Soldaten zurück. — Der Gärt-
ner kam auf mein heftiges Geschrey; allein es
hatte nicht das Herz den Soldaten nachzugehen.
O meine arme Cousine!! —

(Heinrich bringt Rock, Perücke, Huth und Rock.)

Graumann. (der sich in größter Verwirrung
anzieht) So ist denn nun keine glückliche Stunde mehr für mich in dieser Welt zu hoffen! —
O Schurke! spitzbübischer Schurke! mir so mein
Kind zu stehlen! — möge doch die Hand des
Himmels so schwer auf dir liegen, als du mich
kränkst! — nun ist alle meine Glückseligkeit dahin! — Ich will Rache an dem Bösewicht nehmen, oder meinen alten Kopf auf dem Scha-
votte lassen. (Geht schnell ab.)

(Heinrich folgt ihm nach.)

E   Drit-

Dritter Auftritt.

Marianne. Ach meine arme Luise! —
das liebe, beste, unschuldigste Mädchen! — ists
möglich, daß es so gottlose Menschen auf der
Welt giebt! — mit meinem Leben wollt ich sie
gern retten, wenn ich könnt. Ach, das wird
meinem lieben alten Onkel seine wenige Tage
kosten. — O weh! dem Mörder der Unschuld,
Fluch über ihn, und über alle, die zu dem Bu-
benstück halfen!

Vierter Auftritt.

Marianne. Karl.

Karl. (Mit bloßem Degen) Wo ist mein
Vater? mein Vater!

Marianne. Karl, Karl! um Gotteswillen, wo kommen sie so verstöhrt wieder hieher?

Karl. Von dort, wo ich meine Schwester
aus den Armen ihres Verführers gerissen hab.
Mit des Bösewichts Blut hab ich den Schand-
fleck ausgelöscht; hier, hier an diesem Degen sehen
sie sein Blut.

Ma'

Marianne. Und Luise! Luise! wo ist sie! um Gotteswillen, reden sie!

Karl. Die Bauern, unter des Gerichts-schreibers Anführung, bringen sie. Sie haben die Soldaten in die Flucht geschlagen, die Buben, die den Schurkenstreich ausführen halfen — und ich, ich nahms mit dem Hauptmann auf — aber, wo ist mein Vater? wo?

Marianne. Seiner Tochter nach! sie zu retten.

Karl. Der arme, alte Mann!

Marianne. (weint) Ach Karl! Karl! das wird ihnen das Leben kosten — den Degen gegen ihren Hauptmann gezogen! Gott! was steht uns noch für Unglück bevor!

Karl. Ich habe die Unschuld gerettet. Muß ich auch sterben, je nun, so sterb ich gern. Besser so, als ein Schurk seyn. Kommen sie, liebe Marianne, wir wollen dem Vater entgegen.

Marianne. Ach der Himmel gebe, daß das gut ausgehe. — O wenn ich sie nur nicht verliere!

(Sie gehen ab.)

Fünf-

Fünfter Auftritt.

Hauptmann und Bahr, werden von bewafneten Bauern entwafnet herein gebracht.)

Hauptmann. Ihr verdammte Schurken von Bauern, was für ein Recht habt ihr mich gefangen zu nehmen? Mit euerm Leben sollt ihrs alle büßen. — Verflucht! laßt mich loß, oder in einer halben Stund steht euer Dorf im Brand. — Laßt mich los, ihr Schurken!

Ein Bauer. Wir haben Befehl.

Hauptmann. Von wem? vom General?

Bauer. Das wissen wir nicht. Es kann seyn.

Hauptmann. Und wer gab ihn euch?

Bauer. Unser Amtmann.

Hauptmann. Ha verflucht! was hat ein Mann wie ich, mit der Justiz eures lumpichten Dorfs zu schaffen!

Bahr. Ach Herr Hauptmann, ereifern sie sich nicht so, es wird ja bald anders aussehen, wenn der General, ihr Herr Vater kommt; da soll das Bauernblut im Dorf fliessen. — Ich

bitte

bitte ſie, ſeyn ſie indeß ruhig. Ihre Wunde könnte ſonſt gefährlich werden.

Hauptmann. Ich hoff' dieſe Wunde ſoll nichts zu ſagen haben, ſie wird bald heilen. Aber die, welche mir Luiſe ſchlug — nie!

Bahr. (der nach der Thür ſieht) Element, das wird ernſtlich!

Sechster Auftritt.

Vorige. **Graumann.** (hernach **Hals** der Gerichtsſchreiber und Gerichts- diener.

Graumann. (Bey dem Hereintreten zu den Gerichtsdienern) Beſetzt alle Ausgänge, und laßt keinen Soldaten ohne Ausnahme herein; will einer Gewalt brauchen, ſo ſchmeißt ihn vor den Kopf; auf meine Verantwortung!

Hauptmann. (ohne den Kopf umzudrehen) Wer hat die Frechheit, ſo in dies Zimmer zu kommen?

Graumann. Wer die Frechheit hat? Soll vielleicht die Juſtiz erſt um Erlaubnis bitten?

E 3 **Haupt**

Hauptmann. Justiz? was geht mich, Halunke, deine Justiz an?

Graumann. (ruft) He!

(Hals mit Gerichtsdienern kommt herein.)

Hals. Was sollen wir?

Graumann. (Er giebt den Gerichtsdienern ein Zeichen die zwey Gefangene zu umringen.)

Bahr. (auf jeder Seite einen Gerichtsdiener) Ich werde mich beym General beschweren.

Graumann. Ja, wenn die Justiz dir die Erlaubnis geben will.

Hauptmann. (auch zwischen zwey Gerichtsdienern) Meinen Degen her!

Graumann. Ein Gefangener braucht keinen.

Hauptmann. (stolz) Bauer! weißt du daß du mir Respect schuldig bist?

Graumann. Vorhin, aber jetzt nicht mehr. (Er giebt ein Zeichen, und man befestigt den Hauptmann mit dem Arm am Stuhl.)

Hauptmann. (der sich wehrt) Wär ich nur nicht blessirt, ich wollte euch zeigen, ihr Schurken! was zu zeigen ist!

Grau-

Graumann. Ruhig, mein Herr, gelassen! ich habe ihnen ein paar Worte allein zu sagen.

Hauptmann. (für sich) Ich bin übermannt.

Graumann. (zum Gerichtsschreiber und seinen Leuten) Haltet gute Wache und verwahrt den Soldaten da genau. (auf Bahr deutend)

Hals. Daran solls nicht fehlen.

Graumann. Gerichtsschreiber, formire er förmlich das Protokoll, nach allen Aussagen, der Marianne, des Bahr und der übrigen Zeugen, die eidlich abgehört werden müssen. Daß ja in den Formalien nichts gefehlt wird; und wenn mein Sohn kömmt, ihn auch abgehört, dann in Ketten und Bauden ins Gefängniß mit ihm.

Hals. Gut! (mit Bahr und den Gerichtsdienern und Bauern ab.)

Graumann. (für sich) Gott gebe mir Gelassenheit genug, nun als Richter und dann als Vater mit ihm zu sprechen.

Sleben-

Siebenter Auftritt.

Graumann. Hauptmann.

Graumann. Sie wissen wohl nicht, Herr Hauptmann, daß ich ein Recht habe, sie so zu behandeln, weil ich hier Amtmann und Richter bin.

Hauptmann. Ein Recht? Was geht das mich an, ob ihr Amtmann seyd, oder nicht.

Graumann. Was sie das angeht? In der That, ich wundre mich, daß sie nicht besser von dem Gesetze eines Landes unterrichtet sind, in dem sie einen so ansehnlichen Posten bekleiden. Der Amtmann ist das Haupt eines Tribunals, das über alle Fälle erkennt und richtet, die sich in seinem Bezirk ereignen. Ich stelle hier den König vor; sie haben die heiligsten Gesetze der Menschheit verletzt: Gott, die Menschen und mein König geben mir ein Recht, sie zu verhindern, daß sie kein so zweytes Verbrechen begehen. Ich halte sie hier in Verhaft, und das werd' ich verantworten. Ihr Tribunal mag sie verurtheilen — Nun aber sprech' ich mit ihnen als Privatmann — als Vater —

Haupt

Hauptmann. Wenn ich euch anhören soll, so bindet mich erst los.

Graumann. Geben sie mir, als Edelmann ihr Ehrenwort, daß sie sich ruhig halten wollen.

Hauptmann. (edel) Ich geb' es.

(Graumann schellt; ein Gerichtsdiener bindet ihn los, und geht wieder ab.)

Graumann. Wir sind allein, Herr von Stern, und es ist Zeit, daß ich ihnen mein Herz ausschütte, und das Stillschweigen breche. Der Himmel ist Zeuge — daß ich nichts mehr in dieser Welt zu wünschen, nichts mehr zu begehren habe. Meines Gleichen lieben mich, meine Obern schätzen mich, ich bin in der ganzen Gegend geehrt, reich, besitze alles in Ueberfluß, habe gute Kinder, meine tugendhafte Tochter, und auch — eine schöne Tochter, so schön, daß sie Herrn von Stern, Hauptmann und Sohn des großen Generals von Stern, zu einer That verleiten konnte, zu einer That! — Ach, Herr Hauptmann, sie haben das Kind meiner Liebe entführt, ohne eine Schickung des Himmels wär es vielleicht todt für die Ehre! Die Beleidigung ist groß,

E 5 über=

überschwenglich, die Gesetze rügen sie auf das
strengste! aber ich bin der erste, der sie in Ver-
gessenheit zu begraben wünscht; es ist nur ein
einziges Mittel, dieses möglich zu machen, und
das Mittel ist in ihren Händen! — Herr Hauptmann, geben sie mir die Ehre wieder, die sie mir
geraubt haben, und die Ihrige wird nicht darun-
ter leiden. — Sie verstehen mich, wenn sie ein
Mann von Ehre sind; das ist das einzige Mittel mein Kind vor dem Schimpf der Welt zu
retten. — Nehmen sie all mein Vermögen, es
ist nicht zu verachten, ich verlange nicht einen
Heller für mich und meinen Sohn zurück; dieser Sohn soll kommen, und zu ihren Füßen um
Gnade bitten, daß er seine Hände an sie gelegt
hat. Sollten wir betteln, sollten wir uns selbst
verkaufen müssen, um die Mitgift zu größern,
wir wollens thun! nur geben sie mir meine Ehre
wieder. (kniend) Haben sie Mitleid mit meinen
grauen Haaren! Lassen sie sich meine Thränen
rühren. Geben sie mir die Ehre wieder, die sie
mir genommen haben!

    Hauptmann. Die Ehre? O glaubt nicht,
daß ich im Stande gewesen wäre — nein, eurer

Toch-

Tochter Unſchuld und Tugend iſt unverletzt, kein Menſch in der Welt wird im Stande ſeyn, ſie ihr zu rauben; das werd ich laut vor der ganzen Welt bekennen. Und wer es anders ſagt, nur anders denkt, mit dem nehme ich's auf!

Graumann. (immer knieend) Wer wird das glauben? Kein Menſch in der Welt, wenns auch wahr wär! — Nach ſo einer Begeben-heit — Wer wird anders denken, als daß ſie meine Tochter nicht nur entführt, ſondern auch entehrt haben. — Das ganze Land wird ihre Entführung erfahren. — Was ſoll aus meinem Kinde werden? Hätten ſie ſie ermordet, ſie würde weniger zu beklagen geweſen ſeyn. Geben ſie mir die Ehre meiner Tochter wieder! Wer uns jetzt beyde ſähe, würde ſchwerlich glauben, daß ich der beleidigte Theil bin, aber mags doch, jetzt bin ich über alles hinweg, da es darauf ankömmt, das Edelſte von zwey Perſonen zu retten, die mir ſo theuer ſind.

Hauptmann. (der ihn aufhebt) Aber, wenn ich auch wollte, mein Vater — — — — —

Grau-

Grau nann. Junger Mann, ich lese in ihrer Seele. — Geben sie mir ihr Wort, daß sie das thun wollen, was Ehre fodert.

Hauptmann. Und wenn ich es gäbe? Kennt ihr den General?

Graumann. Ich kenne ihn so gut als sie. Der Ton, den er sich durch die Nothwendigkeit angewöhnt hat, rohe Haufen im Zaum zu halten, hat sein Gefühl für Ehre und schöne Handlungen nicht verfälscht.

Hauptmann. Ihr wisset nicht, wie hart er ist!

Graumann. Er ists nicht genug gegen sie gewesen, oder vielmehr, er hat sie in der Unwissenheit über die einzigen Grundsätze gelassen, die den Menschen würklich über das Gemeine erheben. Ach Herr von Stern, man brauchte ihnen nur die Tugend zu zeigen, um zu verhindern, daß sie nicht auf Abwege geriethen.

Hauptmann. (gerührt) Nun wohl, Graumann, ich gestehe ihnen, es ist eine Leidenschaft, wie ich noch keine empfand. Seitdem ich Luisen sah, hatt' ich nicht einen Augenblick Ruhe. Meine Seele war der Raub des ganzen Wahnsinns

ſiuns der Liebe. Ich, ich war derjenige, der
vor zwey Jahren Luiſen, ihre Tochter, zum
erſtenmal in der Stadt ſah, als ſie zu ihrer
Tante aus ihrem Kloſter in Viſite kam; ich war
es, der ſie aus dem Kloſter zu entführen ſuchte;
ſie bekam Nachricht davon, und mein Anſchlag
ſchlug fehl. Ich hab in meinem Leben kein Mädchen ſo geliebt, und, wäre mir nicht die Stren-
ge meines Vaters bekannt, wüßte ich nicht, wie
ſehr er auf ſeinen Adel hält, ich würde ſie längſt
von ihnen zur Frau geforde.t haben.

Graumann. Ich werd mit ihm ſprechen.
Er hat ein Herz und weiß was Ehre iſt. Aber
nun erlauben ſie, daß ich ſie hier noch einige
Zeit in Verwahrung halten darf. Die Ord-
nung erfordert es; ich muß auch hier meine
Schuldigkeit als Richter thun.

Hauptmann. (für ſich) Großer Gott!
welch ein Mann, und wer kann ihm widerſtehen!
(laut) Sie hätten, wie ich, Luiſens liebens-
würdige Furchtſamkeit ſehen ſollen, den edeln
abſchreckenden Anſtand, in dem Augenblicke, wo
ich nur meine Leidenſchaft hörte, und alles an-
wandte, ihre Einwilligung zu erpreſſen. — Ach
Grau-

raumann, Geist, Tugend, Schönheit, Luise
reinigt alles. Möchte sie mir verzeihen!

Graumann. Das ist meine Sache. (ruft)
Jerichtsschreiber!

Achter Auftritt.

Vorige. Hals.

Hals. Hier bin ich.

Graumann. Der Herr Hauptmann soll
in Verhaft genommen werden. Man gebe ihm,
was er verlangt, und begegne ihm mit der Achtung, die man ihm schuldig ist; aber man lasse
niemand zu ihm.

(Der Hauptmann geht ab, der wegen seiner Schwäche
vom Gerichtsschreiber unterstützt wird).

Graumann. (allein) Es ist nicht der junge Stern, der Unrecht hat, es sind die, die
seine gute Eigenschaften erstickten, statt sie auf-
keimen zu lassen.

Neunter Auftritt.

Graumann. Hals. (hernach) **Heinrich.**

Hals. Der Herr Hauptmann ist in Verhaft. Wie gelassen er nun ist; wer sollte sagen, daß es der nemliche ist? Ein scharmanter Herr! er sprach so freundlich, so gut mit uns, und lobte gar sehr ihre Gerechtigkeit. — Hier ist das Protokoll, Herr Amtmann, es ist nichts darinn ausgelassen.

Graumann. Und die Aussagen meines Sohns?

Hals. Sind alle dabey. — Er will sie durchaus sprechen.

Graumann. Er soll kommen.

(Hals ab.)

Graumann. (in dem Protokoll lesend) Gut, recht so — jetzt mag der König selbst urtheilen, ob ich recht gehandelt hab, oder nicht. — (Macht das Packet zu, schreibt die Addresse.) Ja Er mag urtheilen — — Heinrich! Heinrich!

Heinrich. (kommt) Das Packet soll sogleich ein Bote an den König bringen; er ist

nahe

nahe vor Willsdorf, eine Stunde von hier im
Lager (Heinrich ab.) Ha! da kommt mein
Sohn.

Zehnter Auftritt.

Karl.   Graumann.

Karl. Mein Vater, ich dachte nicht, daß
ich nach der That, jetzt hier in Ketten, als ein
Gefangener vor ihnen erscheinen müßte!

Graumann. Du erkühnest dich vor mich
zu kommen?

Karl. Wo kann ich jetzt Rath finden, als
bey meinem Vater?

Graumann. Nach dem Verbrechen, deſ-
sen du dich schuldig gemacht hast?

Karl. Was für ein Verbrechen?

Graumann. Bist du nicht der Meuchelmörder deines Hauptmanns, des Sohnes deines Wohlthäters?

Karl. (der sich nähert; mit Feuer) Kein
Meuchelmörder, mein Vater! was ich that,
that ich als Mann von Herz, als Mann von
Ehre. Die Dunkelheit der Nacht verhinderte
mich

mich, meine Reise so schnell fortzusetzen, als ich
wünschte. Indem sah ich einen Reuter in vollem
Sprengen hinter mir herkommen, und hörte Luisens Stimme, die um Hülfe rief. Ich fiel ihm
in Zügel, ich warf ihn vom Pferde, wir fochten,
er sank unter meinen Stößen. Unterdessen war
Luise verschwunden, und da all mein Suchen
vergebens war, so mich meine Sorge — —

Graumann. Als Vater habe ich Nach-
sicht für deine That, aber als Richter, liegt mir
ihre Untersuchung ob, und du bist mein Gefangener.

Karl. Hören sie erst meine Gründe, mein
Vater —

Graumann. Ich kenne sie schon.

Karl. Wollen sie die Ehre dem nehmen,
der sie ihnen wieder schafte, und sie dem lassen,
der sie ihnen nahm?

Graumann Nur deine Jugend kann die
Verwegenheit dieser Antwort entschuldigen.
Geh, ich werde dich holen lassen, wenn es Zeit
seyn wird. (schellt. Ein Gerichtsdiener kommt.)
Bewacht diesen Menschen, und haltet ihn ge-
schlossen.

F

Karl.

Karl. Aber mein Vater —

Graumann. Bringt ihn weg! —

(Gehen ab.)

Graumann. (allein, in Nachdenken vertieft) Ich schein deine That zu tadeln, aber sie hat dich mir noch hundertmal theurer gemacht. — — Welche Folgen eine einzige Ungerechtigkeit nach sich zieht! — meine Tochter! Mein Sohn! (er öfnet Luisens Zimmer, und ruft) Luise! Luise!

Eilfter Auftritt.

Graumann. Luise.

Luise. (sie umfaßt seine Knie) O mein Vater —

Graumann Ach meine Tochter, wenn ich es nicht glaubte, daß du unschuldig bist, so tödtete ich dich izt auf der Stelle, um meine Ehre zu retten. (er hebt sie auf.)

Luise. Der Hauptmann und seine Gehülfen bemächtigten sich meiner; all mein Widerstand, all mein Geschrey waren vergebens, sie warfen mich auf ein Pferd, und eilten mit mir fort; aber die Schutzengel der Unschuld führten

ten uns meinen Bruder entgegen, er erkannte
und befreyte mich. Ach mein Vater! Erlauben
sie, daß ich mich in ihren Busen verberge.

Graumann. (der sie traurig von sich stößt)
Tochter, du hast nun einen Richter zum Vater,
und er wird dich rächen!

Luise. Wie, mein Vater, sie stoßen mich
von sich (sie fällt ihm zu Füßen) bin ich nicht
mehr ihre Tochter?

Graumann. (der sie aufhebt) Du bist
meine Tochter, aber jetzt ist es nicht Zeit zu
weinen.

Luise. So giebt es also Widerwärtigkei-
ten, die niemand vorhersehen, niemand ausbeu-
gen kann.

Graumann. Nein, aber Augenblicke, wo
man alle Kräfte seiner Seele aufbieten muß.

Luise. (stolz) Setzen sie die meinigen auf
die Probe, wir wollen sehen, wie weit sie rei-
chen. Ach mein Vater, wenn ich es wagen
dürfte! —

Graumann. Rede!

Luise. Ich kann nicht. Die Art ihres
Empfangs überzeugt mich, daß sie entweder

nicht

nicht mehr derselbe seyn, oder daß ihr Kummer stärker ist, als ihre Seele.

Graumann. Rede, ich befehl es dir.

Luise. Sie werden zittern.

Graumann. Fahre fort.

Luise. Es wird ihnen das Herz zerreissen.

Graumann. Ich bin auf alles gefaßt.

Luise. Ich verdiene den Tod, denn ich — hasse den Hauptmann nicht.

Graumann. Ha verblendete Tochter! also im Einverständniß mit ihm —

Luise. Nein; er weiß es nicht. Nur ihnen, mein Vater, entdecke ich es, denn für sie habe ich kein Geheimniß. — Die Einsamkeit des Klosters, worinnen sie mich erziehen lassen, war nicht vermögend mich vor dem gewaltigen Eindrucke der Liebe zu bewahren. Ein einzigesmal als ich da zu meiner Tante in Visite gieng, sahe ich den Hauptmann von Stern, zwar unter einem andern Namen; ich gefiel ihm, er sagte mir tausend schmeichelhafte Dinge — unsre Blicke, unsre Seelen begegneten sich —

Grau-

Graumann. Und dein Herz ward warm — ich weiß es, er selbst hat es mir eben gestanden.

Luise. Ja, bester Vater! ich kannte noch nicht die Gewalt der Liebe. Blos ihre Vorsichtigkeit hielt mich von den üblen Folgen ab, die ich zu befürchten hatte. Lange währte der Tumult in meiner Seele, den die erste Leidenschaft darinn gemacht hatte. Nur die paar Jahre, mein Vater, die ich hier bey ihnen zubrachte, vermochten es, meiner Seele die vorige Ruhe wieder zu geben. Aber ach! als ich den Hauptmann hier erblickte — o, da glaubt' ich mich vom Donner getroffen — weg war meine Ruhe —

Graumann. Aber seine abscheuliche That — rede weiter, sag —

Luise. So groß die Gefahr war, so hatte ich doch noch einige Augenblicke kaltes Blut genug, ihn zu beobachten. Soll ich es ihnen bekennen mein Vater! Nie war eine so wilde That, wie diese, von deutlicheren Beweisen, der zärtlichsten Ehrfurcht begleitet. — Jetzt fühl ichs, daß ich ihn schätze, nicht hassen kann.

Grau-

Graumann. Erinnerst du dich, wer wir sind, und wer er ist?.

Luise. Ich erinnere michs; aber die Leidenschaft, die in mir wieder rege wurde, ist mächtiger als diese Erinnerung. — Ach! ich erröthe über Empfindungen, die ich zu ohnmächtig bin, zu bekämpfen! Sie allein mein Vater können mir rathen.

Graumann. Deine Aufrichtigkeit verdient die Meinige. — Komm in meine Arme, Kind der Liebe. Du wirst Sterns Gemahlin, oder ich sterbe mit dir. Leb wohl, meine Tochter, mein Richteramt ruft mich; vielleicht sehen wir uns glücklicher wieder (geht ab.)

Zwölfter Auftritt.

Luise. Glücklicher? O Vater, Bruder! Luise war sonst euer Stolz, euer Ruhm! ach! wie ist sie gesunken! straft sie, aber habt Mitleiden mit ihrer Schwäche. (ab)

Vier-

Vierter Aufzug.

Erster Auftritt.

Graumann (schreibend) **Hals** (kommt
herein.)

Hals. Bahr wartet vor dem Zimmer, Herr
Amtmann.

Graumann. Man bringe ihn herein —

Hals. (geht ab.)

Graumann. Mein Plan ist entworfen;
doch ehe ich ihn endige, muß ich von des Hauptmanns wahrem Karakter völlig überzeugt seyn.
Und wär er ein Fürst, ich gäbe ihm meine Tochter nicht, wenn ich nicht vorher von seiner Tugend überzeugt wäre.

Zweyter Auftritt.

Graumann. Bahr. Hals.

Hals. Er ist so wild und unbändig, daß
kaum mit ihm auszukommen ist.

Bahr.

Bahr. (ungeſtümm) Nun, iſt das Hin= und her patrulliren bald alle?

Graumann. (trocken) Beſcheiden! be= ſcheiden!

Bahr. Mein Hauptmann hat mirs tau= ſend und abermal tauſendmal geſagt, wir brauch= ten uns nicht von Bauern vernehmen zu laſſen; und wir gehörten vor ein Kriegsgericht.

Graumann. Vor dem Kriegsgericht ſollſt du auch dein Urtheil erfahren; nun aber ver= antworte dich.

Bahr. Ich habe mich nicht zu verantwor= ten; was ich gethan habe, hab ich auf Befehl meines Hauptmanns gethan, und das war meine Schuldigkeit, das brachte die Suborbi= nation mit ſich.

Graumann. Ja, wenn die Rede vom Dienſt iſt.

Bahr. (ſpöttiſch) Nun, ich war ich ja im Dienſt; konnte ich was davor, daß ihr hinter dem Hauptmann herſchreyt, als ob euch der Topf brennte.

Grau=

Graumann. Elender Spötter, du treibst noch Spaß, wenn es dir nichts weniger als deinen Hals kosten kann.

Bahr. (für sich) Den Hals? Nein, wahrhaftig das ist ausser dem Spaß.

Graumann. Bist du es nicht gewesen, der den Hauptmann begierig gemacht hat, Luisen zu sehen? Sag mir die Wahrheit. Deine aufrichtige wahre Aussage kann dich allein retten. Was weißt du von meiner Tochter — und von deines Hauptmanns Anschlägen auf sie?

Bahr. So wahr ich Bahr heisse, so wahr ich zwölf Jahr in des Königs Diensten stehe, so wahr ich nie gelogen habe, und so wahr ich ein ehrlicher Kerl bin, so wahr ist es, daß ihre Tochter ein rechtschaffenes braves Mädchen ist.

Graumann. Das weiß ich, sie ist des alten Graumanns Kind. Aber wie hat sie sich gegen den Hauptmann betragen, und wie dein Herr gegen sie?

Bahr. Herr Amtmann, sie hättens sehen sollen, — wie wir sie gefaßt hatten, — dort bey der Gartenthür — und der Hauptmann dazu kam, in welchem Ton sie da mit ihm sprach!

F 5 Wie

Wie sie ihn im Respect hielt! Bey Gott, kein Mann kann so reden.

Graumann. Und der Hauptmann, dein Herr — ?

Bahr. Er stand wie versteinert vor ihr da. Fiel vor ihr auf die Knie, bat um Verzeihung wegen seines übereilten Schrittes, entschuldigte sich der dringenden Zeitumständen halber, sprach auch so was von Ehre — das wir Andern aber nicht so deutlich vernehmen konnten; und so giengs eine Weile, bis ihrer Tochter Bruder dazu kam, und dann sie — das übrige wissen sie ja schon.

Graumann. Hast du deinen Herrn gern?

Bahr. Von ganzem Herzen! Es ist gewiß der beste, tapferste, rechtschaffenste Officier in unserer Armee. Wer sollte so einen Mann nicht gern haben? Alles hat ihn gern!

Graumann. Aber das war doch ein gottloser Streich von ihm.

Bahr. Wahr! — Aber ich bin gewiß, er bereut ihn schon von Herzen. Seine Jugendhitze treibt ihn zwar zuweilen zu solchen Dingen, die er aber gleich wieder gut zu machen sucht.

sucht. Er war eben schon gar zu lang in ihr Mädchen vernarrt, wir konnten uns hier nicht aufhalten, und dann — ich glaub wahrhaftig, Herr Amtmann, für ein so hübsch Mädchen, wie ihre Tochter ist, könnt ich auch so eine Narrheit begehen —

Graumann. (giebt ihm ein Stück Geld) Da, ich will glauben, daß du mir die Wahrheit gesagt hast, — mach dir für das einen guten Tag in deiner Gefängniß — Gerichtsdiener führ er ihn wieder ins Gefängniß.

Bahr. (im Abgehen für sich) Schade daß er nicht gedient hat. Er wär ein ganzer Kerl worden.

(Hals geht mit Bahr ab.)

Dritter Auftritt.

Graumann. (hernach) **Heinrich.**

Graumann. (schreibt) Ich finde des Hauptmanns That, wie ich sie wünschte. Nein, er hat kein böses Herz! Es war Uebereilung, Uebereilung der Liebe. Ein Ende gemacht, und die Schenkung unterschrieben. (er unterschreibt) Nun

Nun will ich meinen Sohn auf die Probe stellen, ob seine Seele sich stark genug zu einem solchen Opfer fühlt. (Er schellt)

     Heinrich (kommt.)

    Graumann. Karl soll kommen. (Heinrich
ab.) Erst die Ehre gerettet, dann an Leben und
Vermögen gedacht! — Karl kömmt.

Vierter Auftritt.

Graumann. Karl. Heinrich.

    Graumann. Man lasse uns allein. (Hein-
rich ab) Mein Sohn, es ist nicht der Richter, der
jetzt mit dir spricht, es ist dein Freund, er will
in deinem Bußen Linderung suchen; Hülfe für
die Uebel, denen er zu erliegen droht.

    Karl. Ich bin unschuldig; aber befehlen
sie, — sie sind Richter —

    Graumann. Und Vater, du hast dir
nichts vorzuwerfen, Sohn. Der Vorwurf, der
dich trift, trift auch mich. Du hast gehandelt
wie ein Mann von Ehre. Aber ich — ich soll
mit Kummer in die Grube fahren — Meine grauen
Haare soll Entehrung schänden. Kann ich den
Schimpf

Schimpf zu überleben hoffen, den die Unbeson-
nenheit eines Jünglings über mich verhängt hat?

Karl. Sie machen mich weinen. Vater,
reden sie, was ist zu thun?

Graumann. Der junge Stern hat gefehlt, aber er schlägt selbst ein Mittel vor, seinen Fehler wieder gut zu machen. Das einzige was uns noch übrig bleibt — Er will deine Schwester heirathen.

Karl. Er? Er?

Graumann. Er selbst — Aber der General — du kennst seinen Eigensinn? — wenn
er nicht einwilligt —

Karl. Soll ich — —

Graumann. Keine Gewaltthätigkeiten,
mein Kind. Laß die kältere Ueberlegung eines
Greises dein Feuer leiten. — — Ich kenne mein
Recht, als Amtmann; ich weiß, daß ich, als
Haupt der Justiz, mir selbst Gerechtigkeit wiederfahren lassen kann. Aber würde eine Rache
wie diese, würde sie mit der Feinheit jener Empfindungen von Ehre stimmen, die in deinen
Adern wie in meinen schlagen? Niedere Seelen
mögen ihre Zuflucht dahin nehmen, wir wollens

lens nicht. Ich kenne einen Weg, und den müſ-
ſen wir wählen. Er iſt meiner und deiner wür-
dig! — der alte Stern giebt ſeine Einwilligung, — oder — wir ſterben! .

Karl. (feurig) Ja, mein Vater, wir ſterben! Leben ohne Ehre? Mir ekelt davor!

Graumann. O Sohn! Sohn! ich finde
mich ganz in dir wieder. — Der General wird
kommen; er wird drohn, ſeinen Sohn fodern,
Genugthuung fodern. Ich werde ihm Vor-
ſchläge thun; geht er ſie ein, auf unſern Knien
wollen wir dem Himmel danken — Schlägt er
ſie aus, ſo — man könnte uns behorchen. —
(Er zieht ihn in einen Winkel der Bühne) In dem
Augenblick (er redet leiſe mit ihm nach einer Weile)
fühlſt du dich ſtark genug dazu?

Karl. Ja.

Graumann. Unterſchreib dieſe Schenkung.

Karl. Hier! (indem er unterſchrieben.)

Graumann. Laß dich umarmen. Nun
kann der General kommen. Geh, Veſter.

(Karl ab.)

Fünf-

Fünfter Auftritt.

Graumann. Graumann bau'ſt du auch nicht zu viel auf deine Kenntniß vom General? Du hofſt ihn zu überraſchen, zu rühren. Aber wie wenn es dir fehl ſchlüge, wenn der alte Stern halsſtarrig bliebe, und du der Mörder der beyden Lieben würdeſt — Weg mit dieſem traurigen Gedanken, hofte ich nicht alles, als ich meinen Plan überdachte? Warum nicht noch? Schickſal du winkſt, ich folge.

Sechster Auftritt.

Graumann. Der General v. Stern,
(der von auſſen anpocht.)

General. Aufgemacht! Aufgemacht!

Graumann. (für ſich) Das iſt der General. (laut) Wer ſchlägt ſo an?

General. (der hereintritt) Ich bins; Alter. Eine fatale Geſchichte zwingt mich zurück zu kommen; und ich habe dich zu lieb, als daß ich nicht bey dir abtreten ſollte.

Grau

Graumann. Viel Ehre für mein Haus, Herr General.

General. Weißt du woohl, daß ich beinen Sohn mit keinem Auge gesehen habe?

Graumann. Wichtige Verhinderungen haben ihn abgehalten, die sie erfahren sollen, Herr General. (er setzt sich) Aber sagen sie mir doch, was uns schon so früh wieder die Ehre ihres Besuchs zuwege bringt?

General. (hitzig) Der hundsmäßigsteStreich, der nur geschehen konnte, eine Insolenz, die, soll mich der Teufel holen, ihres Gleichen nicht hat. — Ein Soldat ist auf dem Marsch zu mir gestoffen, und hat mir erzählt — Die Galle läuft mir über, wenn ich nur daran denke. —

Graumann. Nun?

General. (immer hitziger) Daß ein verfluchter Hund von Amtmann, die, verfluchte Frechheit gehabt hat, meinen Sohn ins Gefängniß zu stecken. Alle Wetter! Es hat mich so in Harnisch gebracht, daß ich mein krankes Bein nicht gefühlt habe (er reibt sich) und ventre à terre hieher gesprengt bin, um ein Exempel an dem Spitzbuben zu statuiren. Bey meiner armen

men Seele! zu Pfundleder will ich ihn prügeln
laſſen.

Graumann. (kaltblütig) In dem Fall
möchten ſie ſich wohl vergebens bemüht haben,
denn ich glaube nicht, daß der Amtmann der
Mann iſt, der ſich prügeln läßt.

General. Sapperment! da werde ich ihn
nicht erſt fragen! Prügel muß er haben, die
Hülle und Fülle!

Graumann. Ich zweifle ſehr. Wiſſen
ſie warum er ihren Sohn hat gefangen nehmen laſſen?

General. Nein! aber mein Sohn mag
gethan haben, was er will, ſo hätte er ſich an
mich wenden ſollen. Ich hätte ihm Recht ge-
ſchaft. Ich bin dafür bekannt.

Graumann. Sie wiſſen alſo nicht, Herr
General, was in unſers Königs Landen ein
Amtmann iſt?

General. Was wird er ſeyn, ein elender Bauer? ohne Zweifel.

Graumann. Elender Bauer? Gut! aber
kömmt er auf ſeinen Kopf, ſo könnte mancher,
der ihm Prügel zu geben dünkt, übel anlaufen.

General. Das bin ich doch neugierig zu sehen. Willst du mir sagen, wo er wohnt?

Graumann. Nicht weit von hier.

General. Und wie er heißt?

Graumann. Graumann.

General. Hol mich der Teufel, das hab ich gedacht!

Graumann. Hol mich der Teufel das hab ich gedacht!

General. (etwas gelassener) Es thut mir leid, Alter; aber was heraus ist, ist heraus.

Graumann. Und was geschehen ist, ist geschehen.

General. (wieder hitzig) Hast du gehört, was ich vorhin gesagt habe? Wer Recht hat, dem schaffe ich Recht.

Graumann. Ich habe noch niemanden in meinem Leben gebeten, für mich zu thun, was ich selbst thun kann — Und bringt man mich aufs äußerste —

General. (böse) Aufs äußerste? Höre, Alter, ich rathe dir Gutes; sey still: ein Wort,

und

und meine Bursche sind bey der Hand; ich stecke
euch das Nest über dem Kopf an, und laß euch
zu Krautsalat hauen.

Graumann. Hüten sie sich, Herr General, daß sie nicht ihr Zorn verblendet. Wäre
ich, wie sie, und hielt ich nicht an mich, zu
welchen Verwirrungen, zu welchen Ungerech-
tigkeiten würde dieser elende Privathandel nicht
schon Anlaß gegeben haben. Die Gesetze beleidigt!
Das Ansehen des Königs aufs Spiel gesetzt!
Wenn ich mich ihres Sohnes bemächtigte, so
that ich es, weil er schuldig war, weil er meine Tochter entführt hatte. Ich bin das Haupt
der Justiß, und habe das auf meiner Seite,
worauf sie am meisten bauen, die Gewalt! Bey
der geringsten Bewegung die sie machen, den
Gefangenen zu befreyen, ist er des Todes. Ich
weiß, daß ich ihm bald folgen werde, aber in
meinem Alter, ist, eine Stunde weniger leben,
nichts.

General. Schön! also bist du der Richter in deiner eigenen Sache?

Graumann. Kann ich für meine Tochter
nicht thun, was ich für einen andern thue?

Ich)

Ich würde jedem Fremden, der von mir Hülfe
verlangte, Gerechtigkeit wiederfahren laſſen.
Warum nicht mir? Und habe ich nicht meinen
eigenen Sohn ins Gefängniß geworfen, der
den ihrigen rechtmäßig verwundet hatte?

General. (wild) Mein Sohn verwun=
det?

Graumann. Seine Wunde bedeutet nichts.
Aber sein Leben iſt in ihren Händen. Man ſehe
die Akten nach; man unterſuche, ob ich die
Zeugen beſtochen habe, und man ſtrafe mich,
wenn ich es verdiene. Ihr Sohn iſt der Ent=
führung überwieſen, und ſie wiſſen, was die
Geſetze in dem Falle verordnen. Ich habe die
Akten an den König ſelbſt geſchickt, und nun
erwart' ich ſein Urtheil.

General. Du haſt hier kein Recht, Ur=
theile zu vollziehen.

Graumann. Wer will mirs wehren?
Hier iſt mein Tribunal. — Das Kriegstribu=
nal mag das Urtheil fällen, ich weiß, das
kommt mir nicht zu; aber Uebels verhindern,
meiner Tochter Ehre retten, das Herr General,
iſt meine Pflicht. Gehen ſie in ſich, ſind das

Grund=

Grundſätze, die ſich für einen ſo tapfern General ſchicken?

General. (ungeduldig) Alle Wetter! ich glaube, du willſt mir Lehren geben?

Graumann. (ſchnell einfallend) Nein, aber ſie von ihnen annehmen. Soll ein Jüng-ling, weil er der Sohn eines ſo berühmten Ge-nerals iſt, ungeſtraft alle menſchliche und gött-liche Geſetze beleidigen, und die Ehre eines Frauenzimmers beſchimpfen dürfen, die das ganze Glück ihres Vaters ausmacht?

General. (ſchlägt auf ſein Bein) Hol mich, ſtraf mich! thät ihm ſein Bein ſo weh, wie mir, die Luſt zu ſolchen Kindereien würde ihm vergangen ſeyn.

Graumann. Eine Kinderei, die die Ruhe einer ganzen Familie untergräbt?

General. Keine Anmerkungen, Alter!

Graumann. Herr General, ſie ſind ein Mann von Ehre und lieben die Wahrheit. Sie werden mir Recht geben. Ich weiß, was für ein Unterſchied der Stände, zwiſchen dem ihri-gen und dem meinigen iſt, und ich verehre ihn. Aber was für eine Entſchädigung können ſie mir an-

bieten? Geld? Ich habe deſſen mehr als ich
brauche; ich bin reich. Und vielleicht würde
der Herr General, in dem Zeitalter, worinnen
wir leben, und wo Geld alles ausmacht, eine
Verbindung mit meinem Hauſe nicht ausſchla-
gen, wenn er ſelbſt minder reich wäre.

General. Tauſe. o Teufel! willſt du mich
vielleicht dazu zwingen?

Graumann. Nein, Herr General, ich
weiß, daß es mir nicht gelingen würde. Nehmen ſie mein halbes Vermögen hin, ich geb es
ihnen. Hier iſt die Schenkung, von mir und
meinem Sohne unterſchrieben. (Er nimmt ſie
vom Tiſche, und reicht ſie dem General, der, um
ſeine Verwirrung zu verbergen, darinn während der
folgenden Rede blättert.) Sie iſt nicht zu verachten. Aber ich verlange Gnugthuung für den
Schimpf, den mir der Hauptmann angethan
hat; und geben ſie ſie mir nicht, ſo nehme ich
ſie mir ſelber.

General. Du dir ſelber?

Graumann. Ja, ich mir; Herr Gene-
ral, ich beſchwöre ſie, unterbrechen ſie mich nicht,
und gönnen ſie mir all ihre Aufmerkſamkeit.

(Hier

(Hier hört der General auf zu blättern) Troß
ihrer Macht, troß ihres Ansehens, Herr Gene=
ral, werd' ich ihren Sohn nicht eher ausliefern,
als bis ihm sein Recht wiederfahren ist. — Aber
ich habe den Herrn Hauptmann gesprochen,
den Liebe und Leidenschaft entschuldigen; er hat
seine Uebereilung gestanden, bereut; er wünscht
nichts sehnlicher als sie wieder gut zu machen,
und mit seiner Hand meiner Tochter, meinem
Hause, die Ehre wieder zu geben, die er uns
geraubt: er erwartet nur ihre Einwilligung.
(Hier will ihn der General unterbrechen) Herr Ge=
neral, noch einen Augenblick Geduld! Sie wa=
gen hiebey nichts, aber ich wage alles. Man
wird mich für einen bestochenen Richter aus=
schreyen, der seine Ehre für Geld verkaufte;
und dann mag diese Schenkung von meiner Un=
schuld zeugen. (im ernsthaften Ton) Herr Gene=
ral, ihr Sohn wird ihnen wieder gegeben wer=
den; mein Stolz haßt alle Genugthuung, die
Zwang erzwingt; aber Herr, schlagen sie mir
die einzige ab, die mir übrig bleibt, so rächt mich
dieses Werkzeug des Todes (er nimmt eine Pistole
von der Wand) vor ihren Augen, nicht an ihnen,

G

nicht

nicht au ihrem Sohne, nur an meiner unglücklichen Tochter — und an mir. (er ruft) Karl.
(Der General steht unschlüßig.)

Siebenter Auftritt.

**Vorige. Der Hauptmann. Karl.
Luise.**

Hauptmann. (Den Arm in einer Binde,
er stürzt auf seinen Vater los) Ach mein Vater,
laßen sie sich rühren. Ich vergehe für Schaam.
Hülfe für diese Unglücklichen. Sie wollen sterben.

General. (der aufspringt und den Degen zieht)
Hölle und Teufel! was muß ich mir nicht alles
um dich gefallen laßen! Aus meinen Augen!
(er will auf ihn losgehen.)

Graumann. (der ihn zurückhält) Sein Tod
würde uns nicht befriedigen. Willigen sie, daß
er meine Tochter heurathet, oder — —.

Luise. Den Tod, Vater! (kniend vor
Ihrem Vater, der mit der Pistole auf sie losgeht.)

General. (der ihn nun seiner seits zurückhält)
Alter, bist du toll! Hol mich, straf mich! ich
glau-

glaube, du wärſt im Stande? Hier iſt deine
Schenkung! Ich mag keine um den Preis,
nimm ſie, da?

Graumann. Haben ſie die Unterſchrift
geleſen?

General. (der ſie hurtig nachſieht, und mit
allem Ausbruch der Freude auf ihn loshinkt) Was?
von Aſtenfels? (ſieht ihn ſteif an)

Graumann. Sehen ſie mich nur recht
an; das Alter, die Geſchäfte, die Sorgen ha=
ben meine vorigen Züge ausgelöſcht.

General. Hol' mich der Teufel! ich glaub'
du biſt der —

Graumann. Derſelbe; der dich in der
Schlacht bey Prag dem Tod entriß.

General. Mit dem ich mich nicht ver=
tragen konnte, dem ich aber zuletzt gut werden
mußte, und den der König bey ſeinem Abſchiede
mit dem Adel belohnte.

Graumann. Derſelbe, lieber Stern.
(zieht das Diplom ſeines Adels aus der Taſche, und
giebts ihm.)

General. Donner und Hagel über die
Freude! (umarmt ihn)

Karl.

Karl. (freudig) Mein Vater von Adel!

Hauptmann. Werden sie noch unerbittlich seyn?

General. Mein Sohn, ich willige mit Freuden in diese Heurath. Das Blut des braven Aßenfels ist so edel wie das unsrige. Muth und Tapferkeit sind die wahren Ahnen. Aber lieber Freund, warum finde ich dich hier? Nun wunderts mich nicht mehr, daß ich kein Wort von dir habe erfahren können.

Graumann. Die Erbschaft eines Oheims führte mich in diese Gegend. Ich nahm seinen Namen an. Denn was hätte mir das Diplom meines Adels bey dieser Bedienung nutzen können, die ich vor allen Andern wählte, weil ich das Landleben allem vorziehe.

General. Ich möchte mich schlagen, daß ich dich nicht errathen habe. Ich hätte dich an deinem Starrsinn erkennen sollen. Aber deine grauen Haare und ganz veränderte Gestalt haben mich blind gemacht. Lieber!

Graumann. Nun ist dir wohl mein Fluchen und mein Bestrafen kein Räthsel mehr.

Gene-

General. Ja wohl, Schlaukopf, du bist doch noch immer der wilde Fritz — aber auch mein herzlicher treuer Spießgeselle! (drückt ihm die Hand.)

(Der Hauptmann, Luise, Karl haben während diesen Reden in einer Gruppe beysammen gestanden, und ihre Freude und Bewunderung durch Geberden ausgedrückt.)

Achter Auftritt.

Vorige. Ein Adjutant.

Adjutant. Herr General ein Schreiben vom König an sie, nebst diesem Packet Schriften (ab)

General. Vom König? was wird er wollen? (erbricht den Brief.)

Graumann. (für sich) Ha! das ist mein Protokoll!

General. (liest) „Unter ihrem Kommando „hat sich heut in meines Amtmann Graumanns „Haus eine Begebenheit zugetragen, die ihnen „bekannt seyn wird. Vollziehen sie sogleich auf „das

„das ſtrengſte mein Urtheil, das ich dem Spruch
„des Amtmanns hier beyſchlieſſe.‟ (Er macht das
Packet auf)

Luiſe. (für ſich) O wie bange iſt mir!
wenn der König — —

General. (lieſt) „Den Amtmann Grau-
„mann mache ich zum Direktor meines oberſten
„Juſtiß-Tribunals, wegen ſeiner bisherigen
„Treue, Rechtſchaffenheit; und wegen ſeines
„heutigen gerechten Spruches.‟ — Sapperment!
das gleicht dem König. (lieſt fort) „Des Haupt-
„mann von Stern Schickſal und Strafe ſoll von
„dem beleidigten Vater abhängen; und General
„von Stern ſoll die Strafe aufs ſtrengſte voll-
„ziehen.‟ Alter, deine Luiſe mag ſie diktiren.
(lieſt fort) „Dem jungen Graumann, dem ſein
„Vater ſelbſt, wegen dem Vergehen an ſeinem
„Hauptmann, das Leben abgeſprochen hat, gebe
„ich Gnade, weil er als ein Mann von Ehre
„gehandelt; doch ſoll er, der üblen Folgen we-
„gen, auf zwey Jahre in die Veſtung, und dann
„werd ich für ihn ſorgen.‟ — Alter Freund,
nu? was ſagſt du dazu?

Graumann. Daß der König sehr gnädig ist, und daß es eines Unterthanen erste Pflicht ist, seinem König zu folgen, so ungern ich auch hier meinen Landdienst verlasse.

Hauptmann. (zu Graumann) Mein Schicksal steht nun in ihren Händen.

Graumann (legt des Hauptmanns Hand in die Hand der Luise) Da Junge! sie mag dich dafür in der Ehe züchtigen.

Luise. O wie glücklich! (küßt ihrem Vater die Hand)

Hauptmann. Sie werden einen dankbaren Sohn an mir haben.

General. Aber Hauptmann, das sag ich dir, wenn du Kinder kriegst, so hüte sie ja anderer ehrlicher Leute Kinder zu entführen, sonst versäufe sie lieber.

Hauptmann. Ach! mein Glück ist unaussprechlich!

Luise. Und auch das Meinige.

General. Mach nur das scharmante Mädchen da recht glücklich, sonst beym Teufel, enterb ich dich!

Graumann. (zu Karl) Und du, mein Sohn, ertrag deine Strafe mit Gebuld, sie ist gerecht.

General. Ja die Suborbination und das böse Exempel erfordern das, sonst —

Hauptmann. Mein Vater, bitten sie beym König für Karln, sie vermögen ja alles, vielleicht lindert er die Strafe.

General. Nun ja — aber Suborbination ist die Seele beym Militär, so ganz ungerupft kommt er nicht davon!

Karl. Ich erkenne des Königs Gerechtigkeit; wenn meine Zeit aus ist, will ich mit neuem Eifer dem König dienen; Und dann, mein Vater, begehr ich von ihnen Mariannen zur Belohnung.

Graumann. Du sollst sie haben. Ich geb dir mein Wort.

Gene-

General. Iſt der Burſche auch ſchon verliebt? So recht, das ſeh ich nicht ungern.

Graumann. Aber wo iſt Marianne?

Luiſe. Der Schrecken und die Sorgen haben ihr ſo zugeſetzt, daß ſie gar nicht wohl iſt; ſie liegt zu Bette.

Graumann. So geh Karl, und tröſte ſie. Das wird ſie ſchon bald wieder heilen.

Karl. Mit Freuden.

General. Das thu. (Karl will ab) Noch eins: Hör, du ſollſt unter keinem andern, als unter meinem Regimente dienen. Sollſt an meiner Seite ſtreiten, und leſ ich in deinem Geſicht einen einzigen Zug, der beines braven Vaters unwürdig iſt, ſo brenn ich dich nieder, wie einen Hund.

(Karl ab.)

Graumann. Apropos — Bahr?

General. Er ſoll drey Tag Gaſſen laufen.

Grau.

Graumann. Wär das billig, da sein Hauptmann von mir Gnade hat, und er doch blos —

General. Auch wahr! — Du bist ein Herzens wackerer Alter! kommt Kinder, heute soll die Hochzeit seyn; und wenn mir das verfluchte Bein nicht so weh thut, tanz ich einen Menuet mit der Braut, und einen Allemand.